AF452725

CATALOGUE

DES

LIVRES ANCIENS ET MODERNES

COMPOSANT LA

BIBLIOTHÈQUE DE FEU M. PHILOTHÉE O'NEDDY

(THÉOPHILE DONDEY DE SANTENY, AUTEUR DE *Feu et Flamme*)

DONT LA VENTE AURA LIEU

Le samedi 4 décembre 1875, et jours suivants

à 7 heures et demie précises du soir

Rue des Bons-Enfants, 28, maison Sylvestre

SALLE Nº 1

Par le ministère de Mᵉ MAURICE DELESTRE, commissaire-priseur,

successeur de Mᵉ DELBERGUE-CORMONT, rue Drouot, 23

PARIS

ADOLPHE LABITTE

LIBRAIRE DE LA BIBLIOTHÈQUE NATIONALE

4, rue de Lille, 4

—

1875

ORDRE DES VACATIONS.

Première vacation. — *Samedi 4 décembre* 1875.
Nos 1 à 180

Deuxième vacation. — *Lundi 6 décembre* 1875.
181 à 349

Troisième vacation. — *Mardi 7 décembre* 1875.
350 à 528

Quatrième vacation. — *Mercredi 8 décembre* 1875.
529 à 689

LIVRES EN LOTS.

CONDITIONS DE LA VENTE.

La vente se fait au comptant.

Les réclamations devront être faites au plus tard dans les vingt-quatre heures qui suivront l'adjudication. Passé ce délai, les livres vendus ne seront repris pour aucune cause.

Il y aura exposition de deux heures à quatre.

Les acquéreurs payeront 5 pour 100, en sus des enchères, applicables aux frais.

M. Adolphe LABITTE, chargé de la vente, remplira les commissions pour les personnes qui ne pourront y assister.

Paris. — Imprimerie de Georges Chamerot, rue des Saints-Pères, 19.

CATALOGUE

DE

LIVRES ANCIENS ET MODERNES

COMPOSANT LA

BIBLIOTHÈQUE DE FEU M. PHILOTHÉE O' NEDDY

THÉOPHILE DONDEY DE SANTENY, AUTEUR DE *Feu et Flamme.*)

THÉOLOGIE.

1. Biblia, cum summariis concordantiis. *S. l.* (A la fin :) *F. Fradin et F. Pivard impresserunt*, 1497, in-4, goth. demi-rel. chagr. noir, plats toile.
2. Pseaumes nouvellement mis en vers françois, enrichis de figures. *A Paris, chez P.-F. Giffart, s. d.,* in-8, v. ant.
3. Histoire critique du Vieux Testament, par le R. P. Richard Simon, prestre de la congrégation de l'Oratoire. *Suivant la copie imprimée à Paris,* 1680, in-4, v. ant.
4. Traité de la situation du Paradis terrestre, par P. Daniel Huet, évêque d'Avranches. *Paris, chez Jean Anisson,* 1691, in-12, v. ant.
5. Qvadrins historiqves de la Bible, reueus et augmentés d'un grand nombre de figures. *A Lyon, par Iean de Tovrnes, impr. dv roy,* 1583, in-12, cart. fig. sur bois.

    Exemplaire taché.

6. Epitome historiæ sacræ. (A la fin :) *Impressvm Franco-fvrti, apvd Georgivm Corvinvm,* 1571, pet. in-8, fig. à chaque page, demi-rel. toile noire.

    Le titre manque.

7. Historiæ sacræ Veteris et Novi Testamenti. Bybelsche Figuren vertonende de voornaamste historien der Heylighe Schrif-

ture nieuwelykx vytgegeven door Justus Danckerti. *Amsterdam, s. d.* (1708), in-12, mar. brun jans. dent. int. tr. dor. (*Raparlier.*)

8. Novum Testamentum. *Apud Seb. Gryphium*, 1549, 2 vol. in-16, demi-rel.

9. Le Nouveau Testament de Nostre-Seigneur Jésus-Christ, traduit en françois selon l'édition vulgate avec les différences du grec. *A Mons, chez Gaspard Migeot*, 1667, in-12, demi-rel. mar. viol.

10. Vie de Jésus, ou Examen critique de son histoire, par le docteur David Strauss, traduite de l'allemand par E. Littré. *Paris, Ladrange*, 1839, 2 vol. in-8, demi-rel. veau bleu, tr. jasp.

11. Thrésor admirable de la sentence prononcée par Ponce Pilate, contre Nostre Sauveur Jésus-Christ, traduict d'italien en françois. *A Paris, par Guillaume Julien*, 1581, plaq. in-12 de 22 pages, demi-cart. percal. rouge.
Fac-simile d'un rarissime petit livre de la fin du xvie siècle, publié par J. Techener en 1839, et tiré à trois cents exemplaires.

12. L'Apocalypse expliquée par l'histoire ecclésiastique (par M. de la Chetardie, curé de Saint-Sulpice). *A Paris, chez Pierre Giffart, libraire et graveur du roy*, 1750, front. planch. vign. et culs-de-lampe gravés, in-4, v. ant. (*Aux armes d'un évéque.*)

13. Les Qvatre Livres de l'Imitation de Jésvs-Christ, traduits et paraphrasez en vers françois par P. Corneille. *Imprimé à Rouen par L. Maury, pour Robert Ballard, marchand libraire à Paris*, 1658, in-4, fig. de Chauveau, mar. rouge à comp. dos à nerfs et fleurons, tr. dor. (*Raparlier.*)
Exemplaire lavé.

14. De l'Imitation de Jésus-Christ, traduction nouvelle (par l'abbé de Choisy). *A Paris, chez Antoine Dezallier*, 1692, in-12, planches gravées par Mariette, mar. vert foncé, jans. dent. int. tr. dor. (*Capé*). (*Avec la croix de Saint-Cyr sur les plats.*)
Première édition. En tête de l'épître dédicatoire au Roi, se trouve une vignette charmante, qui n'existe que dans cette édition ; elle représente la chapelle de Versailles ; Louis XIV y est figuré, entendant la messe à genoux ; la planche, en tête du second livre, représente madame de Maintenon, avec ces mots : *Audi, filia.* Bel exemplaire, lavé et encollé. 155 mill. et demi.

15. Explication des maximes des saints sur la vie intérieure, par messire François de Salignac Fénelon, archevêque duc de Cambray. *A Paris, chez Pierre Aubouin et Pierre Emery*, 1697, in-12, v. ant. marbr.
Édition originale.

16. Explication des maximes des saints sur la vie intérieure, par messire Fr. de Salignac Fénelon, archevêque duc de Cambray. *Suivant la copie de Paris, se vend à Brusselles chez Lambert Marchant*, 1698. — Les Sources de la vraye et de la fausse dévotion, où l'on découvre le fond de la nouvelle spiritualité et son opposition à celle de saint François de Sales. 1698. Ens. 2 ouvr. en 1 vol. in-12, v. f. antique.

17. Le Livre de l'Internelle Consolacion, première version françoise de l'Imitation de Jésus-Christ, nouvelle édition avec une introduction et des notes par MM. L. Moland et Ch. d'Héricault. *Paris, P. Jannet*, 1856, in-12, cart. non rogné.

18. Réponses de monseigneur l'évesque de Meaux, aux lettres et écrits de monseigneur l'archevêque de Cambray, au sujet du livre qui a pour titre : *Explication des maximes des saints, sur la vie intérieure. A Paris, chez Jean Anisson*, 1699, in-4, demi-rel. v. f. tr. jasp.

19. Recueil de divers traitez de théologie mystique qui entrent dans la célèbre dispute du Quiétisme, avec une préface où l'on voit beaucoup de particularitez de la vie de Mme Guion. *A Cologne, chez Jean de la Pierre*, 1699, in-12, v. ant.

20. Dialogues posthumes du sieur de la Bruyère sur le Quiétisme. *A Paris, chez Ch. Osmont*, 1699, in-12, v. ant.

21. La Morale des jésuites, extraite fidèlement de leurs livres imprimez avec la permission et l'approbation des supérieurs de leur compagnie, par un docteur de Sorbonne (Nic. Perrault), avec une préface par Alex. Varet. *Suivant la copie imprimée à Mons, chez la veuve Waudret*, 1669, 4 vol. in-12, v. ant.

22. Le Calendrier des hevres surnommées à la janséniste, par François de Saint-Romain. *Paris*, 1650. — Observations importantes sur la requeste présentée au conseil du roy par les jésuites. *Paris*, 1643. — Plaidoyé de M. L. Dollé, advocat, pour les curez de la ville de Paris, demandeurs, contre les jésuites, défendeurs. *Paris*, 1695. — Plaidoyé svr lequel a esté donné contre les jésuites l'arrest du 16 octobre 1597. *Paris*, 1697. Réunion de 4 pièces en 1 vol. in-8, v. ant.

23. Le Véritable Almanach nouveau pour l'année 1733, ou le nouveau calendrier jésuitique extrait de leur martyrologe, ménologe et nécrologe. *A Trévoux*, in-16 allongé, fig. v. ant.

24. Rosario della sacratissima Madre Vergine. Ridotto in questa bellezza, et gratia dal R. P. Felice Piaci da Colorno. *In Bologna, per Gio. Rossi*, 1578, pet. in-12, fig. sur bois, demi-rel. veau.

Exemplaire très-court de marges. Titre raccommodé.

25. Officium beatæ Mariæ Virginis, nuper reformatum et Pii V iussu editum. Additæ sunt Vesperæ græco-latinæ. *Parisiis, in officina H. de Marnef*, 1603, 2 part. en 1 vol. pet. in-8, fig. sur bois, mar. r. dos orné, fil. à comp. dent. int. tr. dor. (*Rel. anc.*)

Exemplaire tiré en rouge et en noir.

26. De Passione Christi Sermo eximii sacre theologie doctoris Huilermi de Aquisgrano. (A la fin :) *Impressus Lugd.*, 1489, in-4, goth. demi-rel. veau.

27. Bossuet. Sermon presché à l'ouverture de l'assemblée générale du clergé de France. *Paris, Fréd. Léonard*, 1682, in-4, non rel.

Édition originale. Exemplaire avec témoins, mais le titre a été un peu coupé sur les marges inférieure et latérale.

28. Oraison funèbre de Henri de la Tour d'Auvergne, vicomte de Turenne, prononcée à Paris par Fléchier. *A Paris, chez Sébastien Mabre-Cramoisy*, 1676. — Oraison funèbre de Louis de Bourbon, premier prince de Condé, prononcée à Paris, par le P. Bourdaloue. *A Paris, chez Estienne Michallet*, 1687, 2 part. in-4.

Exemplaires courts de marges.

29. Oraisons funèbres composées par messire Jacques-Bénigne Bossuet. *A Paris, chez Sébastien Mabre-Cramoisy*, 1680, in-12, v. ant.

30. Collection d'oraisons funèbres, par Bossuet et Fléchier. 9 pièces en 1 vol. in-4, v.

Éditions originales.
Ces pièces sont :
Bossuet. Oraison funèbre de Marie-Thérèse d'Autriche, 1683. — ..... d'Anne de Gonzague, 1685. — ..... de Michel Letellier, 1686.
Fléchier. Oraison funèbre de la duchesse de Montausier, 1672. — .... de la duchesse d'Aiguillon, 1675. — ..... de Turenne, 1676. — ..... de Le Tellier, 1686. — ..... de Christine de Bavière, dauphine de France, 1690. — ..... du duc de Montausier, 1690.
Outre ces pièces, ce volume contient encore :
Oraison funèbre de Boucherat, par de la Roche, 1700. — *Discours* de Th. Corneille à l'Académie française, 1685. — *Discours* de l'abbé Testu, 1688. — Discours du président Cousin, 1687. *Éditions originales.*

31. Bossuet. Oraison funèbre de Marie-Thérèse d'Autriche, reine de France. *Paris*, 1683, in-4, v.

Dans le même volume : *Stances* sur la mort de la Dauphine, 1712. — Oraison funèbre de Séguier, chancelier de France, 1672. — Oraison funèbre de Boucherat, par de la Roche, 1700. — Oraison funèbre de Louis, dauphin, par de la Rivière, 1711. — ..... par l'abbé Braier, *Metz*, 1711. — .... par de la Rue, 1712. — ..... par le Père Gaillard, 1712. — ..... par l'évêque d'Alet, 1712. — Oraison funèbre de Louis XIV, par de Baujeu, 1715. — ..... par l'évêque d'Alet, 1715. — Oraison funèbre d'Anne d'Autriche, 1667. — Toutes les pièces de ce recueil sont d'éditions originales.

32. BOSSUET. Oraison funèbre de messire Michel le Tellier, chancelier de France, prononcée dans l'église de Saint-Gervais, le 25 janvier 1686. *Paris, Cramoisy*, 1686, in-4, mar. noir, tr. dor. (*Anc. rel.*)

Édition originale. Exemplaire en grand papier. Aux armes du président Potier de Novion frappées sur les plats.

33. RECUEIL des oraisons funèbres de Marie-Thérèse d'Autriche, reine de France. 1683, in-4, v. br.

Oraisons funèbres, par BOSSUET. (*Les armes sont coupées sur le titre.*) — — ..... par l'abbé Bauyn. — ..... par Fléchier, 1684. — .... par l'abbé Anselme, 1684. — ..... par des Aleurs, 1684. — ..... par dom Gallois, 1683. — La Pompe funèbre à Saint-Germain des Prez, 1683, avec figures. A la fin du volume se se trouve : *Eloge funèbre de Henri de Bourbon, prince de Condé, par le Père Bourdaloue,* 1684.
Toutes les pièces de ce recueil sont d'éditions originales.

34. Oraisons funèbres composées par messire Esprit Fléchier, évêque de Nimes. *A Paris, chez Ant. Dezallier*, 1691, 2 tom. en 1 vol. in-12, v. ant.

35. Quelques Mots du patriarche de Jérusalem. *Paris, Firmin Didot fr.*, 1838, gr. in-8, demi-rel. chagr. viol. tr. jasp.

36. Cathalogus summorum pontificum usque ad Julium II. *S. l. s. a.* (*A la suite :*) Imperium romanum. Imperatorum romani imperii nomina, cum annotacionibus. *S. l. s. a.*, 2 part. en une plaq. pet. in-8, goth. cart.

37. Saint Paulin évesque de Nole, avec une épistre chrestienne sur la pénitence et une ode aux nouveaux convertis, par M. Perrault. *A Paris, chez Jean-Baptiste Coignard*, 1686, in-8, v. ant.

38. Aurelii Augustini, Hippon. episcopi, libri XIII Confessionum. *Lugduni, apud Danielem Elzevirium*, 1675, in-12, titre, front. gr. mar. vert foncé, dent. int. tr. dor. (*Capé.*)

39. Pensées de M. Pascal sur la religion et sur quelques autres sujets. *A Amsterdam, chez Abraham Wolfjanck*, 1677, in-12, parch.

40. Les Devoirs des maîtres et des domestiques, par M° Claude Fleury, prêtre, abbé du Loc-Dieu. *A Paris, chez Pierre Aubouin et P. Emery*, 1688, in-12, v. ant.

41. Histoire de l'Eucharistie, divisée en trois parties, par Matthieu Larrogue, ministre de Vitré. *A Amsterdam, chez Daniel Elzevier*, 1671, in-8, v. ant.

42. La Conférence du diable avec Luther contre le saint sacrifice de la messe (par Paul Bruzeau). *Paris*, 1673, in-8, front. gr. veau ant.

43. Réflexions curieuses d'un esprit désintéressé sur les matières les plus importantes au salut, tant public que particulier (ouvrage traduit du latin de Spinosa par de Saint-Glais). *Cologne, chez Claude Emanuel*, 1678, in-12, v. f. ant.

Exemplaire avec un second titre : *Traité des cérémonies superstitieuses des Juifs.*

44. Discours ecclesiastiqves contre le paganisme des roys de la feve et dv roy-boit, pratiqué par les chrétiens charnels en la veille et au jour de l'Épiphanie de N.-S. Jésvs-Christ, par M. Iean Deslyons. *A Paris, chez Guillaume Desprez*, 1664, in-12, parch.

45. Recherches sur la nature du feu de l'enfer et du lieu où il est situé, par M. Swinden, docteur en théologie, traduit de l'anglois par M. Bion, ministre de l'église anglicane, avec figures. *A Amsterdam*, 1757, in-12, demi-rel. dos et coins cuir de Russie, tête dor. non rog. (*Raparlier.*)

46. L'Estat de l'Eglise, avec le discours des temps depvis les apostres, sous Néron, iusques à present sous Charles V, le tout diligemment recueilly et reveu par Jean de Hesnault. *S. l.*, 1557, in-8, v. ant.

47. La Vie du Pape Alexandre VI et de son fils César Borgia, traduite de l'anglois. *A Amsterdam, chez Pierre Mortier*, 1751, 2 vol. in-8, front. et portr. demi-rel. mar. rouge, tr. jasp.

48. L'Origine des cardinaux du Saint-Siége et particulièrement des François, avec deux traités des légats *à latere* (par du Peyrat). *A Cologne, chez Pierre le Pain*, 1670, in-12, v. ant.

49. Conciles de Tholose, Béziers et Narbonne, ensemble les ordonnances du comte Raimond, fils de Raimond, contre les Albigeois : et l'instrument d'accord entre ledit Raimond et sainct Loys, roi de France : arrest et statuts pour l'entretien d'iceluy où est peinct au naturel le moyen propre pour l'extirpation de l'hérésie et des abus, rendu de latin en françoys par M. Arnauld Sorbin, P. de Monteig, doct. en théologie. *A Paris, chez Guillaume Chaudière*, 1569, in-12, cart. de 34 ff.

50. La Chambre des comptes d'Innocent XI, dialogue entre saint Pierre et le Pape à la porte du Paradis. — Le Cibisme entre Pasquin et Marforio sur les affaires du temps (4 dialogues). *A Rome (jouxte la copie imprimée) chez Francophile Aléthophile (la Sphère)*, 1689-1691, 5 pièces réunies en 1 vol. in-12, demi-rel. v. f.

51. La Vie dv Pere Pavl, de l'ordre des Serviteurs de la Vierge, traduite de l'italien (de frère Fulgence), par F. G. C. A. P. D. B. (François de Gaverol), conseiller au parlement de Bordeaux. *A Leyde, chez Jean Elzevier*, 1661, in-12, v. f. antiq. fil. tr. dor.

Hauteur : 131 millim.

52. L'Alcoran des Cordeliers en latin et en françois ; nouvelle édition ornée de figures dessinées par B. Picart. *A Amsterdam*, 1734, 2 vol. in-12, v. antiq.

53. Quædam ex constitvtionibus societatis Iesu excerpta. *Ex typographia Collegii Virdunensis societatis Iesv*, 1572, in-12, réglé, maroq. vert, fil. tr. dor. (*Anc. reliure.*)

54. Les Constitutions du monastère de Port-Royal du Saint-Sacrement (ordre de Cisteaux). *A Mons, chez Gaspard Migeot (la Sphère)*, 1665, in-12, maroq. br. la Val. jans. dent. int. tr. dor. (*Raparlier.*)

Le corps de ces Constitutions est de la mère Agnès Arnauld.
Hauteur : 130 millim.

55. La Diablerie de Chaumont, ou recherches historiques sur le grand pardon général de cette ville, par Em. Jolibois. *A Chaumont et à Paris*, 1838, br. in-8.

56. Histoire des variations des églises protestantes, par messire Jacques-Bénigne Bossuet, évesque de Meaux. *A Paris, chez la veuve de Sébastien Cramoisy*, 1688, 2 vol. in-4, v. antiq.

Édition originale.

57. Défense de l'Histoire des variations contre la réponse de M. Basnage, ministre de Rotterdam, par messire Jacques-Bénigne Bossuet, évesque de Meaux. *A Paris, chez J. Anisson*, 1691, in-12, v. antiq.

58. Histoire des Vaudois, divisée en trois parties...., etc., le tout fidèlement recueilli des autheurs nommés ès pages suivantes, par Jean-Pavl Perrin, Lionnois. *A Genève*, 1618, in-8 parch.

59. Les Imaginaires, ou Lettres sur l'hérésie, par le sieur de Damvilliers. *Liége (à la Sphère), chez Adolphe Beyers*, 1667, 2 vol. in-12, v. antiq.

60. Les Nouvelles Lumières politiques pour le gouvernement de l'Église, ou l'Evangile nouveau du cardinal Palavicin, révélé par luy dans son Histoire du concile de Trente. *Suivant la copie imprimée à Paris, chez Jean Martel,* 1676, in-12, demi-rel. v. antiq. tr. jasp.

61. Le Triomphe de la religion sous Louis le Grand, représenté par des inscriptions et des devises, avec une explication en vers latins et françois. *A Paris, chez Gabr. Martin,* 1687, in-12 front. gr. et vignettes v. antiq.

62. E. Quinet : le Génie des religions. — L'Ultramontanisme, ou l'Eglise romaine et la société moderne. — Marnix de Sainte-Aldegonde. Ens. 3 vol. in-18, br.

63. Philosophie des religions comparées, par Augustin Chaho. *Paris,* 1848, 2 vol. gr. in-8, demi-rel. v. f. tr. jasp.

64. Ewerbeck (Hermann). — Qu'est-ce que la Bible ? — Qu'est-ce que la religion ? *Paris, Ladrange et Garnier fr.,* 1850, 2 vol. in-8, br.

65. Michelet (J.). — Bible de l'humanité. — Les Femmes de la Révolution. — La Sorcière. *Paris,* 1862, ens. 3 vol. in-18, br.

---

66. La Religion ancienne et moderne des Moscovites, enrichie de figures. *A Cologne, chez Pierre Marteau,* 1698, pet. in-8, cart.

67. L'Alcoran de Mahomet, traduit d'arabe en françois par le sieur de la Garde Malezair. *A la Haye, chez Adrian Moetjens (à la Sphère),* 1683, in-12, front. gr. demi-rel. maroq. viol. tr. dor.

Hauteur : 132 millim.

68. Morale de Mahomet, ou Recueil des plus pures maximes du Coran, par M. Savary. *A Constantinople, et se trouve à Paris,* 1784, in-12, v. éc. fil.

Exemplaire en papier vélin.

JURISPRUDENCE.

69. Institutiones D. Justiniani. *Amstelodami, apud Danielem Elsevirium*, 1676, in-12, front. v. ant.

Tiré en rouge et en noir.

70. La Defense de messire Antoine de Lalaing contre les fausses et appostées accusations des cas contenus es lettres patentes d'adjournement personnel impetrées à sa charge, par la jactée et subreptice poursuite et remonstrance, ou requeste au Roy du procureur general, dit maistre Jean du Bois, publiée par la Société des bibliophiles de Mons, d'après l'édition originale de 1568. *Mons*, 1838, in-8, demi-rel. chagr. vert, tr. jasp.

71. Mémoires de M. Caron de Beaumarchais, écuyer, etc., accusé de corruption de juge, contre M. Goëzman, conseiller de grand chambre au Parlement de Paris, accusé de subornation et de faux. Mme Goëzman et le sieur Bertrand accusés; le sieur Marin, gazetier de France, et le sieur Darnaud-Baculard, conseiller d'ambassade, assignés comme témoins. *A Paris, chez Ruault*, 1774, in-4, portrait gravé par Saint-Aubin, v. porph. fil. tr. dor.

72. Nodier (Ch.). Questions de littérature légale: du plagiat, de la supposition d'auteur, des supercheries qui ont rapport aux livres. *Paris, Barba*, 1812, in-8, br.

Première édition de cet ouvrage, composé à l'occasion de la comédie des Deux Gendres, de M. Etienne. Elle est anonyme.

— Même ouvrage, seconde édition. *Paris, Roret*, 1828, in-8, broché.

SCIENCES.

73. Nouvelle Collection des moralistes anciens, publiée sous la direction de M. Lefèvre. *Paris, V. Lecou*, 1850-51, 11 vol. in-16, br.

Les Lois de Mahomet, 2 vol. — Lois de Manou. — Morale du Chou-King. — Morale de Zoroastre. — Pensées morales de Confucius. — Entretiens de Socrate, 2 vol. — Plutarque, 2 vol. — Vies et Apophthegmes des philosophes grecs.

74. Le Tableau de Cébès, de Thèbes, ancien philosophe et disciple de Socrate, auquel est paincte de ses couleurs la uraye image de la uie humaine, et quelle uoye l'homme doit elire pour peruenir à uertu et perfaicte science premieremẽt escript en grec et maintenant exposé en ryme françoyse. *A Paris, de l'imprimerie de Denys Ianot*, in-12, v. antiq.

Exemplaire défectueux.

75. Le Banquet de Platon, traduit un tiers par feu M. Racine, de l'Académie françoise, et le reste par madame de *** (de Mortemart, abbesse de Fontevrault, publié par l'abbé d'Olivet). *A Paris, chez Pierre Gandouin*, 1732, in-8, v. antiq.

76. Pensées morales d'Isocrate, extraites de ses œuvres et traduites par M. l'abbé Auger. *A Paris, chez Didot et de Bure*, 1782, in-16. cart. non rog.

77. Entretiens de Phocion sur le rapport de la morale avec la politique, traduits du grec de Nicoclès par Mably. *A Paris, de l'imprimerie de Didot le jeune, l'an troisième*, in-4, demi-rel. v. r. fil. n. rog.

78. Réflexions morales de l'empereur Marc-Antonin, traduites par Dacier. *Paris, de l'imprimerie de Didot jeune, an IX*, in-4, br. figures de Moreau le jeune (avant la lettre).

Exemplaire en grand papier vélin.

79. L. Annæi Senecæ philosophi Flores, sive sententiæ insigniores excerptæ per D. Erasmvm Roterod. *Amsterodami, apud Ludovicum Elzevirium*, 1642, in-12, front. gr. vél. bl. moder. tr. rouges (*Raparlier.*)

80. De Generibus ebriosorum et ebrietate vitanda, cui adiecimus de meretricum in suos amatores et concubinarum

in sacerdotes fide. *S. a.*, 1757, in-12, maroq. rouge à comp. tr. dor. (*Anc. reliure.*)

81. Essais de Montaigne, publiés avec des commentaires par Amaury Duval. *A Paris, chez Chassériau*, 1820, 6 vol. in-8, br.

82. La Théologie natvrelle de Raymond Sebon, traduite en françois par messire Michel, seigneur de Montaigne. *A Rouen, chez Iean de La Mare*, 1641, in-8, v. rac. dent.

83. Les Trois Veritez, seconde edition, reueue, corrigée et de beaucoup augmentée, par Pierre Le Charron, Parisien. *A Bourdeaus, par S. Millanges*, 1595, in-8, v. antiq. tr. marbr.

84. Sentiments chrestiens, politiqves et moraux. maximes d'Estat et de religion (par la Lvzerne). *A Paris, chez François Targa*, 1641, in-8, demi-rel. mar. viol. tr. jasp.

85. Les Passions de l'âme, par René Descartes. *A Paris, chez Henry le Gras*, 1649, in-12, mar. r. jans. nerfs, dent. int. tr. dor. (*Capé.*)

86. Les Principes de la philosophie, escrits en latin par René Descartes, et traduits en françois. *A Paris, de l'imprimerie de Pierre Deshayes*, 1647, in-4, v. antiq.

87. De la Sagesse, trois livres, par Pierre Charron, Parisien, suiuant la vraye copie de Bourdeaux. *A Leyde, chez Jean Elzevier*, 1656, in-12, v. antiq.

88. De la Sagesse, trois livres, par Pierre Charron, Parisien. *Suivant la vraye copie de Bordeaux. A Amsterdam, chez Louys et Daniel Elzevier*, 1662, in-12, front. gr. mar. r. jans. dent. int. tr. dor. (*Capé.*)

Hauteur : 125 millim. et demi.

89. De la Sagesse, par Pierre Charron, réimprimé sur la vraye copie de Bourdeaux. *A Paris, chez Iean Cochart*, 1664, in-12, portrait et front. gr., demi-rel. maroq. noir.

Le titre est doublé. Hauteur : 144 millim.

90. L'Art de connoistre les hommes, par le sieur de la Chambre. *A Amsterdam, chez Jacques le Jeune*, 1660, in-12, titre front. gr. v. antiq.

Hauteur : 121 millim.

91. Maximes et réflexions morales du duc de la Rochefoucauld. *A Paris, de l'Imprimerie royale*, 1778, in-8, demi-cart. percal. noire, tr. jasp.

92. Traité de la Nature et de la Grâce, par M. Malebranche, de l'Oratoire. *A Amsterdam, chez Daniel Elzevier*, 1680,

in-12, maroq. r. foncé, dos orné, fil. dent. int. tr. dor. (*Raparlier.*)

93. Les Caractères de Théophraste, traduits du grec, avec les Caractères ou les Mœurs de ce siècle (par la Bruyère). *A Paris, chez Est. Michallet*, 1694, in-8, v. f. fil. à comp. tr. dor. (*Raparlier.*)

Huitième édition. 163 millim. Le titre a un raccommodage.

94. La Philosophie de Voltaire, par Ern. Bersot. — Œuvres de d'Alembert. — Fragments de philosophie cartésienne, par V. Cousin. — Manuel de philosophie ancienne, par Ch. Renouvier. — Ens. 5 vol. in-18, br.

95. Œuvres philosophiques de Vanini, traduites par X. Rousselot ; — d'Antoine Arnault, par J. Simon ; — du Père Buffier, par Fr. Bouillier ; — du Père André, par V. Cousin ; — de Samuel Clarke, par Am. Jacques. *Paris, Ad. Delahais*, 1843-1852, 5 vol. in-18, br.

96. Du Prêtre, de la Femme, de la Famille, par J. Michelet. *Paris, Hachette et Paulin*, 1845, in-8, br.

97. Michelet (J.) : le Peuple. *Paris, Hachette et Paulin*, 1846, in-18, br.

Première édition. Rare.

98. La Métaphysique et la Science, par Ét. Vacherot. *Paris, Chamerot*, 1863, 3 vol. in-18, br. (*Neuf.*)

---

99. De l'Éducation des enfans et particulièrement de celle des princes, où il est montré de quelle importance sont les sept premières années de la vie. *A Amsterdam, chez Daniel Elzevier (à la Sphère)*, in-12, parch.

100. Éducation des filles, par monsieur l'abbé de Fénelon. *A Paris, chez Pierre Auboin et Pierre Emery*, 1687, in-12, v. antiq.

101. Éducation des filles, par M. l'abbé de Fénelon. *A Paris, chez P. Aubouin et P. Emery*, 1687, in-12, v. ant.

---

102. Traicté de la cour, ou Instruction des courtisans, par M. du Refuge. *A Leide, chez les Elzeviers*, 1649, in-12, demi-rel. chagr. vert.

103. Present royal de Iaqves premier, roy d'Angleterre, Escoce et Irlande, au prince Henry son fils, contenant vne introduction de bien regner, traduit de l'anglois. *A Paris,*

chez Guill. Auvray, 1603, in-12, veau rouge, dent. int. tr.
dorée.

Le feuillet 9 est remonté.

104. Le Prince, de Balzac, revev, corrigé et augmenté de
nouveau par l'autheur, avec les sommaires sur les chapitres. *Imprimé à Rouen et se vend à Paris, chez Aug.
Courbé,* 1661, in-12, v. f. ant. fil. tr. dor.

105. Projet d'une dixme royale par mons. le maréchal de
Vauban, chevalier des ordres du roy. *S. l.,* 1708, in-8, v.
antique.

106. Le Corps politiqve, ou les Élémens de loy morale et
civile, avec des réflections sur la loy de nature, sur les
sermens, les pacts et les diverses sortes de gouvernemens,
leurs changemens et leurs révolutions, par Thomas
Hobbes. *A Leide, chez Jean et Daniel Elzevier,* 1653, in-12,
parchemin.

Hauteur : 125 millim.

107. Idée d'une république heureuse, ou l'Utopie de Thomas
Morus, chancelier d'Angleterre, traduite en françois par
M. Gueudeville, et enrichie de figures en taille-douce. *A
Amsterdam, chez Fr. l'Honoré,* 1730, in-12, v. ant. marbr.

108. Question royale et sa décision (où il est montré en
quelle extrémité le sujet est obligé de conserver la vie du
prince aux dépens de la sienne propre) (par l'abbé de
Saint-Cyran). *A Paris, chez Toussainct dv Bray,* 1609,
in-8, br.

109. Les Canons des conciles de Tolède, de Meavx, de
Mayence, d'Oxfort et de Constances, advis et censvres de
la Faculté de théologie de Paris, par lesquels la doctrine
de déposer et tuer les rois et princes est condamnée.
S. l., 1615, in-8, parch.

110. Traicté politique composé par William Allen, Anglois,
et traduit nouvellement en françois, où il est prouvé par
l'exemple de Moyse, et par d'autres, tirés hors de l'Escriture, que tuer un tyran n'est pas un meurtre. *Lugduni,*
1658, pet. in-16, demi-rel. dos et coins de mar. rouge,
fil. tr. dor.

111. Fragmens sur les institutions républicaines, ouvrage
posthume de Saint-Just. *A Paris, chez Fayolle, s. d.,* édition in-8, remontée in-4, demi-rel. dos et coins cuir de
Russie, tr. rouges.

112. Fragmens sur les institutions républicaines, ouvrage
posthume de Saint-Just, précédé d'une notice par Ch. No-

dier. *Paris, Techener,* 1831, plaquette in-8 de 79 pages, demi-cart. percal.

113. Fragmens sur les institutions républicaines, ouvrage posthume de Saint-Just. In-8, demi-rel. v. 2 portraits. (*Le titre est refait à la plume*). — Rapport de Saint-Just au nom des comités de salut public et de sûreté générale, et décret de la Convention nationale relatif aux personnes incarcérées. In-8, cart.

114. La Démocratie, par E. Vacherot. — Œuvres de P.-L. Courier. — La Révolution sociale, par J. Proudhon. — De la Propriété, par A. Thiers. — Le Deux Décembre 1851, par P. Lefranc. — Les Suspects en 1858. — De la peine de mort, par Ed. Desprez. *Paris,* 1848-1870. Ens. 8 vol. in-18, br.

115. La Morale indépendante, journal hebdomadaire (104 numéros formant 2 années). *Paris,* 1866-1867, in-4, demicart. percal. tr. jasp.

116. Considérations sur le commerce et sur l'argent, par M. Law, controlleur général des finances, traduit de l'anglois. *A la Haye, chez Jean Neaulme,* 1720, in-12, portr. v. ant.

---

117. Errevrs popvlaires et propos vulgaires tovchant la médecine et le régime de santé, expliqvez et refvtez par M. Laur. Jovbert, conselher et medecin du roy... etc. *A Bovrdeaux,* 1579, 2 part. en 1 vol. in-8, v. ant.

118. Histoire des personnes qui ont vécu plusieurs siècles et qui ont rajeuni, avec le secret du rajeunissement tiré d'Arnault de Villeneuve, et des règles pour se conserver la santé et pour parvenir à un grand âge, par M. de Longeville Harcourt. *A Paris, chez la veuve Carpentier,* 1716, pet. in-16, front. gr. v. ant.

---

119. Incipit Liber introductorius in astronomiam Albumasaris Abalachi. (A la fin :) *Impressum Venetiis, per Jacob. de Leucho,* 1515, in-4, goth. fig. sur bois, v. ant.

Le premier feuillet (le titre) manque.

120. Entretiens sur la pluralité des mondes, par Fontenelle. *A Dijon, de l'impr. de P. Causse, an II,* in-12, 2 épreuves de portraits gravés par Saint-Aubin et par Duflos, demirel. dos et coins de mar. brun, dos à nerfs. fleurons et filets, tête dor. non rog. (*Raparlier.*)

Exemplaire en papier vélin.

121. Petit Traité de la nature, cavses, formes et effects de
comètes par P. S. T. A. F. *A Paris, pour Lucas Breyer,
marchant libraire*, 1577, plaq. in-12, de 12 ff.

122. Pensées diverses écrites à un docteur de Sorbonne à
l'occasion de la comète qui parut au mois de décembre
1680 (par Bayle). *A Rotterdam, chez Reinier Leers*, 1683,
2 vol. in-12, vél. de Holl.

123. Almanach povr l'an de grâce 1613, avec la division et
changement des temps de George Wanerus, medecin du
duc de Bavière, et les discovrs des esclipses et leurs signi-
fications pour les affaires du monde du S. Jean Qverbervs,
mathématicien et médecin de l'Empereur, réduit au méri-
dien de Paris, et traduit ce qu'il y avoit de latin en langue
françoise. *A Paris, chez la veuve Claude de Mcntr'œil*,
s. d., 8 ff. in-8, cart.

124. Réduction des mesures et poids anciens en mesures et
poids nouveaux, et des mesures et poids nouveaux en mesures et poids anciens, par Mathurin-Jacques Brisson. *A
Paris, chez Pierre Didot, an VII*, in-12, cart.

L'un des quinze exemplaires tirés sur papier vélin.
Cet exemplaire a, en plus, une lettre autogr. signée de l'auteur, adressée
au citoyen Renouard, libraire.

125. Le Jardin senonois cvltivé naturellement d'enuiron six
cents plantes diverses qui croisēt à moins d'une lieve de la
ville et cité de Sens à Monsievr de Provenchères, conseiller
et médecin dv roy. *A Sens, chez George Niverd*, M.VIc.IIII
(1604) plaq. in-12, cart. de 28 pages.

---

126. Apologie pour les grands hommes soupçonnez de
magie, par G. Naudé, Parisien. *A Amsterdam, chez Pierre
Humbert*, 1712, in-8, front. gr. v. ant.

127. Le Comte de Gabalis, ou Entretiens sur les sciences
secrètes (par l'abbé de Villars). *A Paris, chez Cl. Barbin*,
1670, in-12, v. ant.

128. Dictionnaire hermétique (par Salmon, médecin), avec
deux traités, l'un de la triple préparation de l'or et de
l'argent, l'autre de la manière de produire la pierre philosophale (tous deux par Gaston le Doux, dit de Claves).
Paris, 1695, in-12, v. ant.

129. Introductiones apotelesmaticæ elegantes, in chiro·nan-
tiam, physionomiam, astrologiam naturalem, etc., nusquam
ferē simili tractata compendio, avtore Joan. Indagine.
Lvgdvni, apvd Joan. Tornæsivm, 1582, in-8, fig. sur bois,
v. ant. marbr.

130. Traicté de la vraye, vnique, grande et vniverselle me-
decine des anciens, dite des recens or potable... etc., par
David de Planis Campy, médecin spageric et chirurgien du
roy. *A Paris, chez Franc. Targa*, 1633, in-8, parch.

131. Gebri Arabis chimia, et Investigatio magisterii innu-
meris locis emendata a C. Hornio. Accessit ejusdem Me-
dulla alchimiæ Gebricæ. *Lugduni Batavorum, apud
Arnoldo Doude*, 1668, v. brun, est. dent. int. tr. dor.
(*Vogel.*)

132. La Démonomanic des sorciers, par J. Bodin, Angevin,
etc.). *A Paris, chez Estienne Prevosteav*, 1598, in-12,
v. ant. tr. marbr.

133. Tableav de l'inconstance des mavvais anges et démons
ov il est amplement traicté des sorciers et de la sorcellerie,
livre très-vtile et nécessaire non-seulement aux iuges, mais
a tous ceux qui vivent sous les loix chrestiennes, par
Pierre de Lancre, conseiller du roy. *A Paris, chez Nicolas
Bvon*, 1613, in-4, grande planche, bas. (*Armoiries.*)
Mouillures.

134. Opvscvle très-eccellent de la vraye philosophie natvrelle
des métaux, traictant de l'augmentation et parfection
d'iceulx, avec advertissement par maistre D. Zecaire, gentilhomme et philosophe guiennois. *En Anvers*, 1578, in-12,
v. ant.

135. L'Incrédvlité et mescréance dv sortilége plainement
convaincve, ov il est amplement et cvrievsement traicté
de la vérité ou illusion du sortilége, de la fascination, de
l'attouchement, du scopalisme, de la diuination, de la liga-
ture ou liaison magique, des apparitions et d'vne infinité
d'autres rares et nouveaux subjects, par P. de l'Ancre,
conseiller du roy. *A Paris, chez Nicolas Bvon*, 1622, in-4,
v. ant.

136. L'Ovverture de l'Escolle de philosophie transmutatoire
métallique, ov la plus saine et véritable explication et con-
filiation de tous les stiles desquels les philosophes anciens
se sont servis en traictant de l'œuure physique, sont amplement déclarées par David de Planis Campy, chirurgien
du roy. *A Paris, chez Ch. Sevestre*, 1633, in-8, parch.
front. gr.

137. La Géomancie et nomancie des anciens, la nomancie
cabalistique avec l'heure du berger, mises en françois par
le sieur de Salerne. *Paris*, 1669, in-12, v. ant.

138. Le Triomphe hermétique ou la pierre philosophale
victorieuse, traitté plus complet et plus intelligible qu'il y

en ait eu jusques ici touchant le magistère hermétique. *A Amsterdam (la Sphère)*, 1699, in-8, cart. *(Figures.)*

139. Le Monde enchanté, ou Examen des communs sentiments touchant les esprits, leur nature, leur pouvoir, leur administration et leurs opérations, divisé en quatre parties, par Balthasar Bekker, docteur en théologie. *Amsterdam, chez Pierre Rotterdam*, 1694, 4 vol. — Traité historique des dieux et des démons du paganisme avec quelques remarques critiques sur le système de M. Bekker, par Benjamin Binet, à Delft. 1696, 1 vol. Ens. 5 vol. in-12, v. ant.

140. Les Devins, ov Commentaires des principales sortes de divinations, distingué en quinze lvres, escrit en latin par M. Gaspar Pevcer très-docte philosophe, nouuellement tourné en françois par S. G. S. *En Anvers, par Hevdrick Connix*, 1584, in-4, vél.

141. Les Propheties de M. Michel Nostradamus, dont il y en a trois cens qui n'ont encore jamais esté imprimées, adioustées de nouueau par ledict autheur. *A Troyes, par Pierre Chevillot* (1611), in-8, v. ant. marbr.

BEAUX-ARTS

ET

ARTS DIVERS.

142. Vies des fameux architectes (et des sculpteurs), par M. D*** (Dezallier d'Argenville). *Paris, chez Debure l'aîné*, 1787, 2 vol. in-8, v. ant. marbr. front. gravés.

143. Traicté des manières de graver en taille-douce sur l'airain, par le moyen des eaux-fortes et des vernis durs et mols.... etc., par A. Bosse, graveur. *Paris*, 1645, in-12, fig. demi-rel.

144. La Philosophie des images énigmatiques, par le Père Cl.-François Menestrier, de la Compagnie de Jésus. *A Lyon, chez Jaques Lions*, 1694, in-12, v. ant.

145. Emblèmes d'Alciat en latin et françois, vers pour vers, ordonnez en lieux communs avec brieves expositions et figures propres, avec la table d'iceux. *A Paris, chez Hie-*

rosme de Marnef, 1561, in-16, figures sur bois, mar. bleu à comp. tr. dor.

146. Emblemata et aliqvot nummi antiqvi operis Joan. Sambvci, tertia editio. *Antverpiæ, ex officina Christophori Plantini*, 1569, pet. in-8, fig. sur bois, vél.

Quelques-unes des figures sont coloriées. Titre et feuillets raccommodés.

147. Lud. Smids, Pictura loquens. *Amstelædami, ex officina Hadriani Schoonebeek*, 1695, in-8, front. et grav. de Schoonebeek, demi-rel. v. ant.

148. Emblemata amatoria. — Emblèmes d'amour en quatre langues. *A Londe, chez l'Amoureux*, in-12, cart. texte et planches gravées.

149. Pia Desideria, authore Hermanno Hugone societatis Jesu. *Mediolani, apud Io. Baptistam Bidellium*, 1634, in-16, titre et fig. gravées, demi-rel. mar. rouge.

150. Orvs Apollo de Ægypte, de la signification des notes hiéroglyphiques des Ægyptiens, c'est-à-dire des figures par les quelles ilz escripuoient leurs mystères secretz et les choses sainctes et diuines, nouuellement traduict de grec en françoys et imprimé avec les figures à chascun chapitre. *On les vend à Paris, à la rue Sainct-Jacques, à l'Enseigne des deux Coches, par Jacques Keruer*, 1543, in-8, fig. mar. vert foncé jans. dent. int. tr. dor. (*Capé*.)

Le feuillet 11 et le dernier feuillet sont refaits à la plume.

151. Discorso del S. Guglielmo Chovl. Sopra la castrametatione et bagni antichi de i Greci et Romani. *S. l., appresso Marcantonio Olmo*, 1559, pet. in-8, fig. sur bois, bas.

Mouillures.

152. Iconologie, ov les principales choses qui peuvent tomber dans la pensée, touchant les vices et les vertus, sont représentées soubs diverses figures, grauées en cuiure par Iacqves de Bie, et moralement explicquées par Bavdoin. *A Paris, chez Louis Billaine*, 1677, 2 part. en 1 vol. in-4, v. f. antiq. à comp. tr. marbr.

153. Apollon et les Muses. *S. l. n. d.*, in-8, figures, v. f. antiq. dent. à froid.

154. Abrégé historique des principaux traits de la vie de Confucius, célèbre philosophe chinois, orné de 24 estampes gravées par Helman, d'après des dessins originaux de la Chine. *A Paris, s. d.*, in-4, v. antiq.

155. Faits mémorables des empereurs de la Chine, tirés des annales chinoises, dédiés à Madame, orné de 24 estampes

gravées par Helman. *A Paris, chez l'auteur* (1788), in-4, bas.

156. État actuel de la musique du Roi et des trois spectacles de Paris. *A Paris*, 1769, in-16, fig. v. ant. fil. tr. marbr.

157. Livre du Roy Charles : de la Chasse du cerf, publié par Henri Chevreul. *Paris, chez Aug. Aubry*, 1859, in-8, br.

158. La Vénerie de Jacques du Fouilloux, précédée de quelques notes biographiques et d'une notice bibliographique. *Angers, Charles Lebossé*, 1844, in-4, demi-rel. dos et coins cuir de Russie, tr. dor.

159. Le Livre de la chasse du grand seneschal de Normandye et les ditz du bon chien Souillard qui fut au Roy Louis de France, XIe de ce nom, publié par le baron J. Pichon. *Paris, Aug. Aubry*, 1858, in-12, cart. percal. n. rog.

BELLES-LETTRES.

I. LINGUISTIQUE.

160. Bellvm grammaticale (editum ab Andrea Gvarna). *Parisiis, ex officina Roberti Stephani*, 1528, pet. in-8, plaq. de 18 ff. v. ant. marbr.

161. Le Jardin des racines grecques mises en vers françois, avec un traité des prépositions et un recueil alphabétique des mots tirés du grec (par Cl. Lancelot). *Paris, Le Petit*, 1657, in-12, front. gr. v. antiq.

162. P. Rami Grammaticæ libri quatuor ad Carolum Lotharingum cardinalem. *Parisiis*, 1560, in-8, maroq. br. jans. dent. int. tr. dor. (*Rapartier.*)

163. Grammaire nationale de MM. Bescherelle frères. *Paris*, 1841, gr. in-8, demi-rel. chagr. vert, tr. jasp.

164. Grammaire des Grammaires, ou Analyse raisonnée des meilleurs traités sur la langue française, par Ch.-P. Girault-Duvivier. *A Paris, chez Janet et Cotelle*, 1830, 2 vol. in-8, demi-rel. v. vert, tr. marbr.

165. Dictionnaire raisonné des onomatopées françaises, par Ch. Nodier. *Paris, Delangle*, 1828, in-8, br.
Deuxième édition.

166. Observations de Monsieur Ménage sur la langue françoise. *A Paris, chez Clavde Barbin*, 1672, in-12, v. antiq.

167. Remarques morales, philosophiques et grammaticales sur le Dictionnaire de l'Académie françoise (par Ch. Nodier). *Paris, chez Aug. Renouard*, 1807, in-8, br.

168. Le Grand Dictionnaire des rimes françoises, selon l'ordre alphabétique, en oultre trois traictez des conjugaisons françoises, de l'orthographe françoise. — Les Epithètes, tirées des œuvres de Guillaume de Salluste, sieur du Bartas. *A Genève*, 1624, in-8, parch.

169. Des Mots à la mode et des nouvelles façons de parler avec des observations sur diverses manières d'agir et de s'exprimer (par Boursault). *A Paris, chez Cl. Barbin*, 1692, in-12, v. antiq.

170. La Comparaison de la langve et de la poësie françoise avec la grecque et la latine, et des poëtes grecs, latins et françois, et les Amours de Protée et de Physis, par le sieur Desmaretz. *A Paris, chez Louis Billaine*, 1670, in-12, v. antiq.

171. Le Dictionnaire des précieuses, par le sieur de Somaize, nouvelle édition publiée par Ch. Livet. *Paris, P. Jannet*, 1856, 2 vol. in-12, cart. perc. r. n. rog.

172. Essai d'un dictionnaire universel, contenant généralement tous les mots françois, tant vieux que modernes, et les termes de toutes les sciences et des arts..., recueilli et compilé par messire Antoine Furetière, abbé de Chalivoy. *A Amsterdam, chez Henri Desbordes*, 1685, in-12, v. antiq.

Cet opuscule est une sorte de prospectus du dictionnaire que Furetière préparait depuis longtemps, mais qui ne parut que deux ans après sa mort. Première édition, in-12.

173. L'Apothéose du dictionnaire de l'Académie et son expulsion de la région céleste. *La Haye, chez Arnout Leers*, 1696, in-12, front. gr. v. antiq.

174. L'Enterrement du dictionnaire de l'Académie...., etc., *S. l.*, 1697, in-12, v. antiq.

175. Factum pour messire Antoine Furetière, abbé de Chalivoy, contre quelques-uns de l'Académie françoise. *Amsterdam, chez Henry Desbordes*, 1688, in-12, v. antiq.

176. Traité de versification française, par L. Quicherat. *Paris,
L. Hachette*, 1850, in-8, demi-rel. chagr. vert foncé, plats,
toile, tr. jasp.

177. Conciones et orationes ex historicis latinis excerptæ.
Amstelodami, ex officina elzeviriana, 1662, in-12, fr. gr.
v. f. fil. dent. int. tr. dor. (*Capé.*)

178. Panégyriques et Harangues à la louange du Roy, pro-
noncez dans l'Académie françoise en diverses occasions.
A Paris, chez Pierre Le Petit, 1680, in-4, front. gr. v.
antiq.

179. Recueil des Harangues prononcées par MM. de l'Académie françoise dans leurs réceptions et en d'autres occasions différentes, depuis l'établissement de l'Académie
jusqu'à présent. *A Paris, chez Jean-Baptiste Coignard*,
1698, in-4, v. antiq. (*Armoiries.*)

180. L'Art de parler (par le P. Lamy). *La Haye, Moetjens,*
1684, in-12, v. antiq.

II. POÈTES ANCIENS.

181. Le Pindare thébain, traduction de grec en françois,
meslée de vers et de prose, avec les figures qui repré-
sentent les principales fables des odes. *A Paris, chez Iean
Lacquehay*, 1626, in-8, figures remontées, v. antiq.

182. L'Iliade, poëme, avec un discours sur Homère, par
Monsieur de la Mothe. *A Paris, chez Grégoire Dupuis,*
1714, in-8, fig. gr. v. antiq.

183. L'Odyssée d'Homère, nouvelle traduction. *Suivant la
copie imprimée à Paris, chez Claude Barbin*, 1682, in-12,
figures, demi-rel. v. antiq.

184. Bellum et excidium Trojanum, ex antiquitatum reliqviis.
Prostat Berolini et Lipsiæ, apud Michaelem Rudigerum,
1699, in-4, gravures et pl., demi-rel. chagr. r.

185. Æsopi Fabulæ, hæc omnia cum latina interpretatione.
Nunc primùm accesserunt Auieni fabulæ. *Lvgdvni, apvd
Joan. Tornæsivm*, 1552, in-12, fig. sur bois, v. antiq.

On a ajouté une table manuscrite à cet exemplaire.

186. Æsopi Fabulæ, cum latina versione. Festi Auieni Fabulæ
carmine conscriptæ. *Parisiis, apud Hieronymum de Marnef,*
in-16, fig. sur bois, vélin.

187. Les Fables d'Esope, comédie. *A Paris, chez Th. Girard,*
1690, in-12, front. gr. v. antiq. tr. dor.

188. Fabvlæ ex antiqvis avctoribus delectæ et a Gabrielle Faerno, Cremonensi, carminibus explicatæ. *Antverpiæ, ex officina Christ. Plantini*, 1567, in-16, fig. sur bois, reliure historique.

189. Cento Favole bellissime de i piv illvstri antichi et moderni autori greci et latini ; nobilmente trattate in varie maniere di versi volgari da M. Gio. Mario Verdizotti. *In Venetia, appresso Alessandro Vecchi*, 1607, in-8, bas. (*Anc. rel.*)

Armes sur les plats.

190. Les Géorgiques de Virgile, traduites en vers français par Delille, avec le texte latin, notes et variantes. *A Paris, chez Bleuet père, l'an II*, in-8, br. fil.

191. L'Énéide de Virgile, prince des poëtes latins, translatée de latin en françois, par Louis des Masures, Tovrnisien. *A Lion, par Ian de Tovrnes, imprimevr dv Roy*, 1560, in-4, v. antiq. marbr. figures.

Le feuillet 217 est raccommodé.

192. Didon, poëme en vers métriques hexamètres, traduit du quatrième livre de l'Énéide de Virgile, avec le commencement de l'Énéide, et les seconde, huitième et dixième Eglogues du même auteur ; le tout accompagné du texte latin. *S. l.*, 1778, in-4, v. f. ant. fil. tr. dor.

193. Recveil de diverses pièces choisies, traduites en vers françois, d'Horace, Ovide, Sénèque, Martial et Catulle, et autres poésies par monsieur le président Nicole. *A Paris, chez Ch. de Sercy*, 1657, in-12, maroq. rouge à comp. tr. dor. (*Anc. reliure.*)

194. Pièces choisies d'Ovide, traduites en vers françois par T. Corneille. *A Rouen, et se vendent à Paris, chez Claude Barbin*, 1670, in-12, demi-rel. v. bleu, tr. jasp.

195. Lucrèce, traduction nouvelle avec des notes, par M. L. G. (La Grange, revue par Naigeon). *A Paris, chez Bleuet*, 1768, 2 vol. in-8, v. antiq. fil. tr. marbr.

196. La Pharsale de Lvcain, ou les Gverres civiles de César et Pompée, en vers françois, par M. de Brébeuf. *A Paris, chez Antoine de Sommaville*, 1656, in-4, v. antiq.

197. La Pharsale de Lucain, ou les Guerres civiles de César et de Pompée, en vers françois, par M. de Brébeuf. *A la Haye (à la Sphère), chez Arnout Leers*, 1683, in-12, front. et fig. v. antiq.

Hauteur : 128 millim.

198. Claudiani quæ exstant Nic. Heinsius Dan. F. recensuit ac notas addidit. *Lugduni Batavorum, ex officina elzeviriana*, 1650, in-12, titre, front. gr. demi-rel. chagr. rouge.

199. Proserpine, poëme de Clavdian, traduit en vers héroïques et acheué, dédié à Monseigneur le comte de Servien, ministre d'Etat et surintendant des finances, par M. le Président Nicolle. *A Paris, chez Charles de Sercy*, 1658, in-12, bas.

200. Epigrammatum Joan, Oweni Editio postrema. *Amsterodami, apud. Lud. Elzevirium*, 1647, pet. front. et portrait, v. ant.

Hauteur : 110 millim.

III. POÈTES FRANÇAIS.

201. Recueil de chants historiques françois, par Le Roux de Lincy. *Paris, Ch. Gosselin*, 1841-42, 2 vol. in-18, br.

202. Jongleurs et trouvères, ou Choix de saluts, épîtres, rêveries et autres pièces légères des XIIIe et XIVe siècles, publié pour la première fois par Achille Jubinal. *Paris, 1835*, in-8, br.

203. Mélusine, par Jehan d'Arras, édition publiée par M. Ch. Brunet. — Les Aventures de Don Juan de Vargas, traduites de l'espagnol par Ch. Navarin. *Paris, P. Jannet, 1853*. Ens. 2 vol. in-12, cart. percal. r.

204. Choix de chansons à commencer de celles du comte de Champagne, roi de Navarre, jusques et compris celles de quelques poëtes vivans (avec les airs notés. *A Paris, 1755*, in-8, demi-rel.

205. Chansons de Maurice et de Pierre de Craon, poëtes anglo-normands du XIIe siècle, publiées pour la première fois d'après les manuscrits de la Bibliothèque du Roi, par G.-S. Trébutien. *Caen, B. Mancel, 1843*, br. in-12 de 14 p.

Tiré à 120 exemplaires.

206. Chansons et saluts d'amour de Guillaume de Ferrière, dit le vidame de Chartres, la plupart inédits, réunis pour la première fois par M. L. Lacour. *Paris, Aug. Aubry*, 1856, in-12, cart. percal. n. rogn.

207. Poésies de Marguerite-Éléonore-Clotilde de Vallor.-Chalys, depuis madame de Surville, poëte françois du XVe siècle, publiées par Ch. Vanderbourg. *Paris, 1803*, in-8, br.

208. Les Poésies du duc d'Orléans, publiées par Aimé Champollion-Figeac. *Paris, 1843*. — Poésies complètes de

madame Louise Colet. *Paris*, 1847. — Poésies de Mille-
voye, avec une notice, par M. de Pongerville. *Paris*, 1843.
Ens. 3 vol. in-18, rel. et br.

209. Chronique rimée des troubles de Flandre à la fin du
xive siècle, suivie des documents inédits relatifs à ces
troubles, publiés d'après un manuscrit de la bibliothèque
de M. Ducas, à Lille, par Edward Le Glay. *Lille*, 1842,
in-8, demi-rel. v. f.

Tiré à 125 exemplaires.

210. Les Vers de maître Henri Baude, poëte du xve siècle,
recueillis et publiés avec les actes qui concernent sa vie,
par M. J. Quicherat. *A Paris, chez Aug. Aubry*, 1856, in-12,
cart. percal. n. r.

211. L'Ordene de chevalerie (poëme de Hues de Tabaries)
avec une dissertation sur l'origine de la langue française, un
essai sur les étymologies, quelques contes anciens (en vers)
et un glossaire pour en faciliter l'intelligence (par Barba-
zan). *A Lauzanne et se trouve à Paris*, 1759, in-8, f. gr.
demi-rel. mar. viol. tr. peig.

212. Le Jeu du Dodechedron de fortune. traduit de latin en
françois, par M. D. P. — *A Amsterdam, par Isaac van
Vüalstin, s. d.* pet. in-8, br.

Le titre de cet ouvrage est refait à la main.

213. Œuvres complètes de François Villon, nouvelle édition (publiée) par Paul Lacroix. *Paris, P. Jannet*, 1854,
in-12, br.

214. Les Poésies de Martial de Paris, dit d'Auvergne, procureur au Parlement. *Paris, Ant.-Urbain Coustelier*, 1724,
2 vol. in-12, v. f. ant.

215. Les Poésies de Guillaume Cretin. *A Paris, Ant. Coustelier*, 1723, in-12, v. ant.

216. Les Œvvres poetiqves de Remy Belleau. *A Lyon, povr
Thomas Sorbron*, 1592, 2 tomes en 1 vol. in-12, demi-rel.
dos et coins de mar. (*Capé.*)

131 millim.

217. Les Œuvres de Jean Marot. *A Paris, chez Ant.-Urbain
Coustelier*, 1723, in-12, v. ant.

218. Les Œuvres de Clément Marot de Cahors. *A la Haye,
chez Adrian Moetjens*, 1700, 2 vol. in-12, demi-rel. dos et
coins de mar. rouge, fleurons. (*Capé.*)

Hauteur : 131 millim.

219. Œuvres choisies de Clément Marot, accompagnées de notes historiques et littéraires, par M. Després. *A Paris, chez Janet et Cotelle*, 1826, in-8, br. portr.

220. Oraison funèbre sur la mort de monsieur de Ronsard, par J. Duperron, lecteur de la chambre du Roy. *A Paris, chez Federic Morel*, 1586, in-8, bas.

221. Les Satyres dv sievr Regnier, reueues et augmentées de nouveau, dediées av Roy. *A Paris, chez Toussaincts Dv Bray*, 1613, in-8, parch.

Mouillures.

222. Les Premières Œuvres de Philippes Desportes. *A Paris, par Mamert Patisson*, 1597, in-12, mar. rouge fil. tr. dor. (*Anc. rel.*)

Hauteur : 129 millim.

223. La Henriade et la Loyssée de Sebastien Garnier, procureur du Roi Henri IV au comté et bailliage de Blois. *A Paris, chez J.-B.-G. Musier fils*, 1770, in-8, v. ant. marbr.

224. Poésies de Malherbe rangées par ordre chronologique, avec un discours sur les obligations que la langue et la poésie françoises ont à Malherbe, et quelques remarques historiques et critiques. *A Paris, de l'impr. de Joseph Barbou*, 1757, in-8, portr. gr. bas.

225. Le Bouquet des fleurs de Sénèque, poésies inédites de Malherbe. *Caen, Mancel*, 1834, br. gr. in-8 de 32 pages, cart. pap. vél.

226. Les Tragiques, par Théodore-Agrippa d'Aubigné, nouvelle édition revue et annotée par Ludovic Lalanne; Chansons, ballades et rondeaux de Jehannot de Lescurel. *Paris, P. Jannet*, 1855, ens. 2 vol. in-12, cart. perc. r.

227. Les Quatrains des sieurs Pibrac, Favre et Mathiev ; ensemble, les Plaisirs de la vie rustique, enrichis de figures en taille-douce. *A Paris, chez Ant. Robinot*, 1646, in-8, v. ant.

228. Les Sciovr des mvses, ov la cresme des bons vers : triez du meslange et cabinet des sieurs de Ronsard, du Perron, Aubigny père et fils, de Malherbe..., etc. *A Rouen, chez Martin de la Motte*, 1630, in-12, v. ant.

229. Les Qvatrains de la mvse chrestienne. *A Tolose, par A. Colomiez*, 1635, plaq. in-8 de 64 p. demi-rel. chagr. v. tr. dor.

230. L'Eschole de Salerne en vers burlesques, et poema macaronicvm de Bello Hvgvenotico. *A Paris, chez Jean Henavlt*, 1651, in-4, demi-rel. bas.

231. Moyse savvé, idyle heroïqve dv sieur de Saint-Amant à la serenissime Reyne de Pologne et de Suède. *A Leyde (la Sphère), chez Jean Sambix*, 1654, in-12, v. ant.

232. Poésies diverses de monsieur Colletet, contenant des sujets héroïques, des passions amoureuses et d'autres matières burlesques et enjouées. *A Paris, chez Jean-Baptiste Loyson*, 1656, in-12, parch.

233. Clovis, ou la France chrestienne, poëme héroïque, par J. Desmarets. *A Paris, chez Augvstin Courbé et Henry Legras*, 1657, in-4, v. ant. *planches gravées.*

234. OEuvres complètes de Saint-Amant, nouvelle édition, publiée par Ch. Livet. *Paris, P. Jannet*, 1855, 2 vol. in-12, percal. r. n. rog.

235. Les Amovrs de fev M. Tristan et avtres pièces très-curieuses. *A Paris, chez Gabr. Qvinet*, 1662, in-2, front. gr. cart.

236. Contes et nouvelles en vers de M. de la Fontaine. *A Paris, chez Louys Billaine*, 1669, in-12, bas.
Exemplaire très-fatigué.

237. Poëme du Quinquina et autres ouvrages en vers de M. de la Fontaine. *A Paris, chez Denys Thierry et Cl. Barbin*, 1682, in-12, mar. rouge à comp. fleurons dent. int. tr. dor. (*Raparlier.*)

238. OEuvres complètes de Boileau. *Paris, Hachette*, 1862.— Pascal. — Lettres à un provincial. *Paris, Firmin-Didot*, 1843. — Descartes. *Paris, Lefevre*, 1844, ens. 3 vol. in-18, br.

239. OEuvres diverses du sieur D*** (Boileau-Despréaux), avec le Traité du sublime ou du merveilleux dans le discours, trad. du grec de Longin. *A Paris, chez Denis Thierry*, 1694, 2 vol. in-12, fig. gr. demi-rel. chagr. vert.

240. Epistres nouvelles du sieur D*** (Boileau). *A Paris, chez Denys Thierry*, 1698, plaq. in-12 de 34 p. mar. rouge, jans. dent. int. tr. dor. (*Capé, Masson, Debonnelle.*)

241. Vengeance des femmes contre les hommes, satyre. *Rouen*, 1704. — Satyre contre les maris. *Rouen*, 1695. — Dialogue ou satire du sieur D***. *Cologne*, 1694. — L'Apologie des femmes par M. P***. *Cologne*, 1694. — L'Allée de la Seringue, ou les Noyers, poëme, par le sieur D***.—Les Souhaits ridicules, conte. — La Guerre des médecins. Réunion des 8 pièces en 1 vol. in-8, demi-rel.

242. David, poëme héroïque, par le sieur Lesfargres. *A Paris, chez Pierre Lamy*, 1660, in-12, front. gr. v. ant.

243. Les Poésies diverses de monsieur Gilbert, secrétaire des commandemens de la reyne de Suède et son résident en France. *A Paris, chez Guillaume de Luynes*, 1661, in-12, v. gr. fil. tr. dor.

244. Diverses petites Poésies dv chevalier d'Aceilly. *A Paris, chez André Cramoisy*, 1667, in-12, v. ant.

245. Poésies chrestiennes de l'abbé Cotin. *A Paris, chez Pierre Le Petit*, 1668, in-12, bas.

246. Entretiens solitaires, ov prières et méditations pievses en vers françois, par M. de Brébeuf. *A Paris, chez Jean-Baptiste Loyson*, 1669, in-12, 2 portr. gr. v. ant.

247. L'Allée de la Seringue, ou les Noyers, poëme héroïque, par le sieur D*** (Le Noble). (*Orancheville, Eugène Alétophile*), 1677, pet. in-8 de 39 p. cart. fig.

248. Poésies de madame Deshoulières. *A Paris, chez la veuve de Sébastien Mabre-Cramoisy*, 1688, in-12, demi-rel. mar. viol.

Édition originale. Exemplaire lavé et encollé.

249. Madrigaux de monsieur de la Sablière. *Paris, chez Duchesne*, 1758, in-16, texte enc. de fil. rouges, v. gr. ant. fil. tr. dor.

250. Œuvres de monsieur Passerat, dédiées à Son Altesse électorale de Bavière. *A Brusselles, chez George de Backer*, 1695, in-12, front. et fig. gr. v. ant.

Exemplaire court de marges.

251. Adam, ou la Création de l'homme..., sa chute et sa réparation, poëme chrestien, par M. Perrault, de l'Académie françoise. *A Paris, chez J.-Bapt. Coignard*, 1697, in-8, v. ant.

252. Le Poëte sincère, ou les Veritez du siècle, poëme heroï-comique (par M. Bonnecorse, Provencal). *A Anvers*, 1698, in-12, v. ant.

253. Recueil des plus belles épigrammes des poëtes françois, depuis Marot jusqu'à présent, avec des notes historiques et critiques et un traité de la vraye beauté dans les ouvrages d'esprit; traduit du latin de Mrs de Port-Royal. *A Paris, chez Nic. Leclerc*, 1698, 2 vol. in-12, v. ant.

254. Voyage de Chapelle et de Bachaumont. *Paris, impr. de Chaignieau, l'an IV*, in-4, cart. n. rog. *fig. à l'eau-forte par Duplessis-Bertaux.*

255. Poésies héroïques, morales et satyriques, par monsieur de ***, avec quelques épigrammes, sonnets, madrigaux, du

même autheur. *A Harlem, chez Ch. Van-Den-Dael*, 1696, in-4, v. ant.

256. Poésies du Père Sanlecque, chanoine régulier de l'ordre de Sainte-Geneviève. *A Harlem*, 1726, in-8, demi-rel. dos et coins de mar. br. à nerfs, tête dor. n. rogn.

257. Recueil d'anciennes poésies, fin du XVIIᵉ siècle, réunies en 1 vol. in-4, demi-rel. mar. noir.
Portrait de Louis le Grand, vers libres. 1688. — Ode pour le Roi sur ses conquestes de cette campagne, 1672. — Épître à un homme de la cour. 1696.

258. La Madelaine au desert de la Sainte-Baume en Provence, poëme, par le P. Pierre de Saint-Louis. *A Lyon, chez J.-Baptiste et Nicolas de Ville*, 1700, in-12, bas.

259. Noei borguignon de Gui Barozai. *Ai Dioni, chez Abranly-ron de Modène*, 1720, in-12, v. ant.

260. Fables nouvelles dédiées au Roy par M. de la Motte, de l'Académie françoise, avec un discours sur la fable. *A Paris, chez Grégoire Dupuis*, 1719, in-4, front. et vignettes grav. v. ant.

261. La Henriade de M. de Voltaire. *A Londres*, 1728, in-4, frontisp. et planches gr. avant la lettre, avec 3 portraits de Voltaire gravés par Tardieu (sur chine), v. ant.

262. Epître à Voltaire, par M. de Chénier. *A Paris, de l'impr. de Didot*, 1806, in-4 de 23 p. pap. vél. — La Promenade à Auteuil. *Paris*, 1817, 13 pages remontées in-4, avec le manuscrit à la suite et autres pièces réunies en 1 vol. in-4, demi-perc. rouge.

263. La Religion, poëme (de Louis Racine). *A Paris, chez Jean-Bapt. Coignard*, 1742, in-4, vign. de Cochin sur le titre, v. ant.
Exemplaire en grand papier.

264. L'Agriculture, poëme. *A Paris, de l'Imprimerie royale*, 1774, in-4, planches et vign. gr. v. rac. dent. tr. dor.

265. Le Pot-Pourri de Ville-d'Avray (ou recueil de chansons et pièces fugitives de Moreau l'historiographe). *Paris, imprimerie de Monsieur*, 1781, in-12, v. f. ant.

266. Colomb dans les fers, épître par M. le chevalier de Langeac. *A Londres et se trouve à Paris*, 1782, gr. in-18, br. (*Figures de Marillier.*)

267. Tangu et Félime, poëme, par M. de la Harpe. *A Paris, chez Pissot, s. d.*, in-8, cart. figures de Marillier.

268. Essais en vers et en prose, par Joseph Rouget de Lisle. *A Paris, de l'imprimerie de Pierre Didot l'aîné*, 1796, in-8, demi-cart. perc. noir, figure de Le Barbier.

269. La Panhypocrisiade, ou le Spectacle infernal du seizième siècle, comédie épique par Népomucène-L. Lemercier. *Paris, Firmin-Didot*, 1819, in-8, cart.

270. (Lamartine.) — Méditations poétiques. *Paris*, 1820, in-8, bas.

Première édition.

271. Nouvelles Méditations poétiques, par Alphonse de Lamartine. *Paris, Urbain Canel*, 1823, in-8, v. ant. dent.

272. Lamartine (Alph. de). — Chant du sacre, ou la Veille des armes. *Paris, Baudouin frères et Urbain Canel*, 1825, br. in-8.

Première édition.

273. Lamartine (Alph. de). — Épîtres, *Paris, Urbain Canel*, 1825, br. in-8.

274. Le Clocher de Saint-Marc, poëme suivi d'une ode sur la mort de Bonaparte et de divers fragments, par Jules Lefèvre. *Paris, Urbain Canel*, 1825, in-8, demi-rel. v. rose.

275. Épître à Simier père sur l'exposition de 1823, par Lesné. *Paris, J. Renouard*, 1827, plaquette gr. in-8, papier vélin de 15 p. cart.

Cette épître fait partie du poëme de la Reliure, et n'a été tirée qu'à neuf exemplaires.

276. Sainte-Beuve. Vie, poésies et pensées de Joseph Delorme. *Paris, Delangle fr.*, 1829, in-12, br. couv. impr.

Première édition, devenue rare. Bel exemplaire.

277. Sainte-Beuve. Poésies complètes. *Paris, Charpentier*, 1845, in-18, br.

Première édition complète des poésies.

278. Sainte-Beuve. Volupté. *Paris, Eug. Renduel*, 1834, 2 vol. in-8 br.

Première édition. Bel exemplaire.

279. Sainte-Beuve. Pensées d'août, poésies. *Paris, Eug. Renduel*, 1837, pet. in-8, br. (*Bel exemplaire.*)

Première édition, devenue rare. La couverture imprimée n'est pas de cette édition.

280. Delavigne (Casimir). Messéniennes et poésies diverses. *Paris, Dufey et A. Vezard*, 1831, 2 vol. in-8, br.

281. Borel (Pétrus). Rhapsodies. *Paris, Levavasseur*, 1832, in-12 carré, 2 fig. demi-rel. v. bleu, tr. jasp.

Édition originale, rare. Envoi autographe signé de l'auteur.

282. Barbier (A.). Iambes. *Paris, Urbain Canel*, 1832, in-8, cart.

Édition originale. Dans le même vol. : l'Art historique, poëme, par le marquis de Roure, *Paris*, 1822. — Achille à Scyros, poëme, par J. Luce de Lancival. *Paris*, 1805.

283. Barbier (Aug.). Il Pianto, poëme. *Paris, Urbain Canel*, 1833, in-8, br. couv. impr. (*Bel exemplaire.*)

Troisième édition.

284. Barbier (Aug.). Chants civils et religieux. *Paris, Paul Masgana*, 1841, in-8, br. couv. impr.

285. Legouvé (Ern.). Morts bizarres, poëmes dramatiques, suivis de poésies. *Paris, Urbain Canel*, 1833, in-12, demi-rel. ant.

Deuxième édition. Envoi autographe signé de l'auteur.

286. Vigny (Alfr. de). Poëmes antiques et modernes. *Paris, H. Delloye et V. Lecou*, 1838, in-8, br.

287. Douze Journées de la révolution, poëmes, par Barthélemy. *Paris, Perrotin*, 1832, in-8, figures gravées sur chine, demi-rel. v. rose, tr. marbr.

288. Barthélemy. Cinquième Anniversaire, poëme. *Paris, Firmin-Didot*, 1835, br. in-4.

289. Barthélemy. Syphilis, poëme en deux chants. *Paris, Béchet jeune, s. d.*, br. in-4.

290. Barthélemy. L'Art de fumer, ou la Pipe et le Cigare, poëme. *Paris, Lallemand-Lépine*, 1844, gr. in-16, br. avec couv. Figure.

Première édition, avec envoi autographe signé de l'auteur.

291. Arago (Emm.). Vers. *Paris, Paulin*, 1832, in-8, br.

Envoi autographe signé de l'auteur.

292. Derniers Chants, poëmes et ballades sur l'Italie, par Casimir Delavigne, précédés d'une notice par M. Germain Delavigne. *Paris, Didier*, 1845, in-8, portrait gravé, demi-rel. mar. v.

293. Deschamps (Antoine). Résignations, poésies. *Paris, Crapelet*, 1839, in-8, demi-rel. v. ant.

294. Hégésippe Moreau. Le Myosotis. — A. Barbier. Satires et chants. Ens. 2 vol. in-18, br.

295. Ausone de Chancel. Marck, poëme. *Paris, Ch. Tresse*, 1840, in-12, demi-rel. v. f.

296. Autran (Joseph). Milianah, poëme. *Marseille*, 1841, in-8, cart. tr. dor.

Exemplaire de S. A. R. Msr le duc d'Orléans, Envoi autographe signé de l'auteur.

297. Poésies sociales des ouvriers, réunies et publiées par Olinde Rodrigues. *Paris, Paulin,* 1841, in-8, demi-rel. mar. rouge, tr. jasp.

298. Soulary (Joséphin). Sonnets humouristiques. *Lyon, N. Scheuring,* 1858, in-8, br.

299. Fleurs des vieux poëtes liégois. — Leopardi, poésies, traduit de l'italien. — Amicis, par Ed. Grenier. — Les Lèvres closes, par L. Dierx. — Les Stations poétiques. — La Vie rurale, par Autran. — Mélænis par L. Bouilhet. *Paris,* 1856-1868, 7 vol, in-18, br.

300. Victor Hugo. L'Année terrible. *Paris, Michel Lévy fr.,* 1872, in-8, br.

---

301. Œuvres de Dante Alighieri. La Divine Comédie : l'Enfer, le Purgatoire, le Paradis, traduction nouvelle, par Séb. Rhéal, avec des notes d'après les meilleurs commentaires par Louis Barré, illustrations par Antoine Etex. *Paris, J. Bry ainé,* 1854, in-4, br., texte à deux col.

302. Gierusalemme liberata, poema heroico del sig. Torquato Tasso. *In Amsterdam, nella stamperia del S. D. Elzevier et in Parigi si vende,* 1678, 2 vol. in-16, parch. fig.

303. Romancero espagnol, traduction Damas-Hinard. — Robertson, Histoire de Charles-Quint. *Paris, Ad. Delahays,* 1844-45, 4 vol. in-18, br.

304. Ossian, fils de Fingal, barde du iiie siècle, poésies galliques, traduites sur l'anglais de M. Macpherson, par M. Le Tourneur. *A Paris, chez Musior,* 1777, 2 vol. in-8, tirés in-4, v. f. antiq. marbr.

305. Les Saisons, poëme traduit de l'anglais de Thompson, nouvelle édition, avec gravures de Blanchard dessinées par Binet. *Imprimerie de Patris,* 1795, in-16, papier vélin, demi-rel. v. rouge n. rog.

306. Œuvres complètes de lord Byron, traduites sur la dernière édition anglaise, par M. Benjamin Laroche, précédées d'une notice par M. Villemain. *Paris, Charpentier,* 1841, gr. in-8, br. texte à deux col. (*Portrait.*)

307. Ballades allemandes tirées de Bürger, Körner et Kosegarten, et publiées par Ferdinand Flocon. *Paris,* 1827, in-12, br. fig.

308. La Guzla, on Choix de poésies illyriques, recueillies dans la Dalmatie, la Bosnie, la Croatie et l'Herzégovine (par Prosper Mérimée). *Paris, F. G. Levrault,* 1827, portrait et fac-simile, in-12, demi-rel. chagr. v. tr. jasp.

IV. THÉATRE.

309. Terentiæ Comœdiæ, ex recensione Heinsiana. *Amstelodami, ev officina elzeviriana,* 1661, in-12, front. gr. v. ant.

310. Specvlvm tragicvm, auctore J. D. (Joannes Dickensonus), tertio editum. *Lvgdvni Batavorvm, ex officina Ludovici Elzevirii,* 1603, in-8, vél.

311. Hvmbertvs, tragœdia, authore R. P. S. G. religioso cluniacensi. *Parisiis,* 1632, in-4, parch.

---

312. Bibliothèque du Théâtre François, depuis son origine, contenant un extrait de tous les ouvrages composés pour ce théâtre, depuis les mystères jusqu'aux pièces de Corneille, etc. (par le duc de la Vallière, ou plutôt par Marin). *Dresde, Mich. Groell (Paris, Bauche),* 1768, 3 vol. in-8, 3 frontisp. gr. d'après Cochin, v. antiq. porph. fil. tr. marbr.

313. Histoire philosophique et littéraire du Théâtre-Français, depuis son origine jusqu'à nos jours, par M. Hippolyte Lucas. *Paris, Gosselin,* 1843. — De la Comédie française depuis 1830, par Eug. Laugier. *Paris, Tresse,* 1844. Ens. 2 vol. in-18, br.

314. Histoire des petits théâtres de Paris depuis leur origine, par Brazier. *Paris, Allardin,* 1838, 2 vol. pet. in-12, br.

315. Rétif de la Bretonne : la Mimographe, ou Idées d'une honnête femme pour la réformation du théâtre national. *A Amsterdam et à la Haye,* 1770, in-8, v. antiq. marb.

316. Mémoires de Fleury. *Paris, Gosselin,* 1844, 2 vol. — Théâtre de Beaumarchais. *Paris, F. Didot,* 1842. — Michel de Cervantès, traduction Alph. Royer. — Théâtre. *Paris, Mich. Lévy fr.,* 1862. — Études biographiques sur les chanteurs, par Escudier frères. *Paris, Just Tessier,* 1840. Ens. 5 vol. in-18, br.

317. La Farce de Maistre Pierre Patherin, avec son testament. *A Paris, chez Durand,* 1762, in-12, v. antiq.

318. Les Tragédies de Robert Garnier, conseiller du Roy, lieutenant-général criminel au siége présidial et sénes-

chaussée du Mayne. *A Rouen, chez Thomas Mallard, près le Palais, à l'Homme armé*, 1596, in-12, v. f. antiq.

319. Les Amours tragiqves de Pyrame et Thisbé, tragédie (par Théophile Viaud), 1626, in-12, cart.

320. Athlette pastourelle, ou Fable bocagère, par Ollenix du Mont sacré, gentillhomme du Maine. *Paris*, 1685. — La Sylvie du sievr Mairet. *Paris*, 1628. — Autres Œuvres poétiques du sieur Mairet. *Paris*, 1628. — Tragi-comédie pastorale, par le sieur du Rayssiguier. *Paris*, 1630. — L'Amaranthe de Gombauld, pastorale. *Paris*, 1631. — L'Inconstance d'Hylas, pastorale, par le sieur Mareschal. *Paris*, 1635. — Sylvanire, ou les Amans réunis, par le sieur Macori. *Mons*, 1635. Ens. 8 pièces réunies en 2 vol. in-12, demi-cart.

321. Tragicomedie pastorale, ov les Amovrs d'Astrée et de Celadon sont meslees à celles de Diane, de Silvandre et de Paris, avec les inconstances d'Hilas, par le sieur de Rayssiguier. *A Paris, chez Pierre David*, 1632, in-8, v. antiq. marbr.

322. La Fidelle Tromperie, tragi-comédie, par le sieur Gorgenot, Dijonnois. *A Paris, chez Anthoine de Sommaville*, 1633, in-8, parch.

323. La Clarise de Baro, pastoralle. *A Paris, chez Anthoine de Sommaville*, 1634, in-8, front. gr. parch.

Il y a une transposition; les ff. 133 et 135 sont placés avant les ff. 129 et 131.

324. La Parthénie de Baro, dédiée à Mademoiselle. *A Paris, chez Antoine de Sommaville et Augustin Courbé*, 1642, in-4, demi-cart. perc.

325. Le Soliman, tragi-comédie. *A Paris, chez Tovssainct Qvinet*, 1637, in-4, demi-rel. maroq. noir.

326. Le Véritable Coriolan, tragédie représentée par la trouppe royale du sieur de Chapoton. *A Paris, chez Toussainct Qvinet*, 1638, in-16, front. gr. demi-rel. maroq. noir.

327. La Comédie des Tvilleries, par les cinq autheurs (Corneille, Rotrou, Bois-Robert, Colletet, l'Estoile). *A Paris, chez Aug. Courbé*, 1638, in-4, vig. gr. sur le titre, demi-rel. maroq. rouge, tr. jasp.

328. Les Sentiments de l'Académie françoise svr la tragi-comédie dv Cid (rédigés principalement par Chapelain). *A Paris, chez Iean Camvsat*, 1638, in-8, parch.

329. La Toison d'or, tragédie, par P. Corneille. *Imprimée à Roven, et se vend à Paris chez Avgvstin Courbé et Gvillavme*

de Lvynes, 1661, in-12, v. f. à comp. dent. int. tr. dor. (*Raparlier.*)

Édition originale. 142 mill.

330. Tite et Bérénice, comédie héroïque, par P. Corneille. *Suivant la copie imprimée à Paris*, 1671, in-16, remonté in-8, demi-rel. maroq. rouge.

331. La Svite dv Mentevr, comédie, par Corneille. *S. l.*, 1652, in-12. cart.

Très-court de marges, le dernier feuillet est doublé.

332. P. Corneille : Théodore, vierge et martyre, tragédie chrestienne. *Sur l'imprimé, à Paris, chez Toussainct Quinet*, 1649. — Thomas Corneille : l'Inconnu, comédie. *Suivant la copie imprimée à Paris*, 1678. — Bérénice, tragédie. *Imprimée à Rouen, et se vend à Paris*, 1659. Ens. 3 pièces in-12 remontées en 1 vol. in-8, demi-rel. chagr. bl.

333. Th. Corneille : les Engagements dv hazard, comédie. *Imprimée à Rouen, par L. Maury, pour Augustin Courbé, marchand libraire, à Paris*, 1657. — Le Geôlier de soi-même, 1661. — Le Baron d'Albikrac, comédie. *A Paris, chez Gabr. Quinet*, 1669. Ens. 3 pièces in-12, remontées en 1 vol. in-8, demi-rel. maroq. br. tr. jasp.

334. Th. Corneille : Laodice, reyne de Cappadoce, tragédie. *Suivant la copie imprimée à Paris*, 1668. — La Comtesse d'Orgueil, comédie. (*A la Sphère*), *suivant la copie imprimée à Paris*, 1680. — Ens. 3 pièces in-12, remontées en 1 vol. in-8, demi-rel. chagr. vert, portrait ajouté.

335. Le Comte d'Essex, tragédie, par T. Corneille. *A Paris, au Palais, dans la salle Royale, à l'Image Saint-Louis*, 1678, in-12, parch.

Première édition, hauteur 136 mill.

336. La Devineresse, ou les Faux Enchantements, comédie (par Th. Corneille et de Visé). *A Paris, chez C. Blageart*, 1680, in-12, parch.

337. Bradamante, tragédie, par M. Corneille (Thomas). *A Paris, chez Mich. Brunet*, 1696, in-8, demi-rel. chagr. vert.

Édition originale.

338. L'Illustre Corsaire, tragi-comédie de Mairet. *A Paris, chez Aug. Courbé*, 1640, in-4, demi-rel. maroq. noir.

Le titre est refait à la plume.

339. Le Véritable Capitan Matamore, ov le Fanfaron, comédie représentée svr le théâtre royal du Marais, imitée de

Plaute, par A. Mareschal. *A Paris, chez Tovsssainct Quinet*, 1640, in-4, vél.

340. La Belle Esclave, tragi-comédie de monsieur de l'Estoille. *A Paris, se vend en l'imprimerie des nouveaux caractères de Pierre Moreau*, 1643, in-4, front. gr. v. antiq. marbr.

341. Adolphe, ou le Bigame généreux, tragi-comédie (par Le Bigre). *A Paris, chez Pierre Lamy*, 1650, in-4, v. antiq. marbr.

342. Les Coups de l'amour et de la fortune, tragi-comédie dédiée à S. Alt. de Guise (par Quinault). *A Paris, chez Guillavme de Lvynes, libraire juré*, 1655, in-4, v. antiq.

343. Le Mort vivant, comédie dédiée à Monseigneur le dvc de Gvise, et composée par le sieur Bovrsault. *A Paris, chez Nicolas Pépingué*, 1662, in-12, demi-cart. dos percal.
Édition originale.

344. La Comédie de la comédie, et les Amours de Trapolin, comédie par Dorimont. *Paris, chez Jean Ribov*, 1662, plaq. in-12, cart.

345. Astrate, roy de Tyr, tragédie, par M. Quinault. *Suivant la copie imprimée à Paris*, 1665, in-12, fr. gr. cart.

346. Le Théâtre de M. Quinault. *Suivant la copie imprimée à Paris*, 1663, 2 parties en 2 vol. in-12, front. et figures gravées, v. granit, fil. tr. marbr.
Hauteur : 128 mill.

347. Œuvres complètes de Molière, revues avec soin sur les différentes éditions par P.-R. Auguis. *Paris, Froment*, 1823, 8 vol. in-16, portrait, demi-rel. v. viol. tr. marbr.

348. Œuvres de Molière, précédées d'une notice sur sa vie et ses ouvrages par M. Sainte-Beuve, vignettes par Tony Johannot. *Paris, J. Dubochet*, 1844, in-4, texte à deux col., demi-rel., dos et coins cuir de Russie, ornements à petits fers à froid sur le dos, tr. dor.

349. Les Précievses ridicvles, comédie (de Molière), représentée au Petit Bourbon. *A Paris, chez Charles de Sercy*, 1660, in-12 de 135 pages, v. f. fil. dent. int. tr. dor. (*Capé.*)
Édition originale. Hauteur : 148 mill.

350. La Vie de M. de Molière (par Jean Lenoir le Gallois, sieur de Grimarest). *A Paris, chez Jacqves le Febvre*, 1705, in-12, portrait, v. antiq.

351. Histoire de la vie et des ouvrages de Molière, par J. Taschereau. *Paris, J. Hetzel*, 1844. — Notes historiques

sur la vie de Molière, par A. Bazin. *Paris, Techener, 1851.* Ens. 2 vol. in-18, br.

352. Molière, drame en prose imité de Goldoni, par Mercier. *Amsterdam, et se trouve à Paris, 1776,* in-8, br.

353. Œuvres de Racine. *A Paris, par la compagnie des libraires,* 1702, 2 vol. in-12, fig. v. ant.

354. ESTHER, tragédie tirée de l'Escriture sainte (par Racine). *A Paris, chez Denys Thierry, rue Saint-Jacques, à la Ville de Paris,* 1689, in-12, front. gr. v. ant.

Édition originale. Bel exemplaire, hauteur 160 mill.

355. Athalie, tragédie tirée de l'Ecriture sainte. *A Paris, chez Denys Thierry;* 1691, in-4, front. dessiné par B. Corneille, et gravé par L. Mariette, demi-rel. mar. noir, tr. jaspé.

ÉDITION ORIGINALE. Exemplaire défectueux.

356. L'Evnvque, comédie (par M. de la Fontaine). *A Paris, chez Avgvstin Covrbé,* 1654, in-4, vign. gr. sur le titre, demi-rel. mar. noir, tr. jasp.

Court de marges.

357. La Coupe enchantée, comédie de M.... *A Paris, chez Christophe David,* 1716, plaq. in-12, cart. de 49 pages.

358. La Dupe amoureuse comédie du sieur Rosimond, comédien du roy. *A Paris, chez François Clouzier le jeune,* 1671, in-12, parch.

359. Les Nouvelles Œuvres tragi-comiques de M. Scarron, tirées des plus fameux autheurs espagnols, où sont agréablement descrites diverses adventures amoureuses, dans lesquelles se découvrent les ruses, pratiques et commerce d'amour des courtisans de ce temps. *A Amsterdam, chez Abrah. Wolfganck,* 1675, in-12, front. gr. v. ant.

360. Les Souffleurs, comédie. *A Paris, chez la veuve de Ch. Coignard,* pet. in-8, cart. dos percal. non rog.

361. Persée, tragédie représentée par l'Académie royale de musique. *Paris, Christophe Ballard,* 1682. — Zéphire et Flore, opéra représenté par l'Académie royale de musique. *Paris, Christophe Ballard,* 1688, 2 pièces réunies en 1 vol. in-4, demi-rel. mar. noir, tr. jasp. front. gr.

362. Le Triomphe de l'amour, ballet dansé devant Sa Majesté à Saint-Germain. (*A la Sphère*), *suivant la copie imprimée à Paris,* 1682. — Joseph, tragédie tirée de l'Ecriture sainte par M. l'abbé Genest. (*A la Sphère*), *à Amsterdam,* 1711, 2 ouvr. en 1 vol. in-12, veau éc. fil.

363. La Comédie sans titre, par M. Poisson. *A Paris, chez Thomas Guillain,* 1683, in-12, v. ant. tr. dor.

364. L'Homme à bonne fortune, comédie (par Baron). *A Paris, chez Th. Guillain,* 1686, in-12, parch.

365. Amadis, tragédie en musique représentée par l'Académie royale. *Suivant la copie imprimée à Paris,* 1687, in-16, front. gr. demi-cart.

366. Les Œuvres de M. Pradon. *A Paris, chez Th. Guillain,* 1688, in-12, v. ant.

367. Les Œuvres de M. Baron. (*A la Sphère*), *suivant la copie à Paris, chez Thomas Guillain,* 1694, in-12, front. gr. v. ant.

368. Médée, tragédie (par Requeleyne de Longepierre). *A Paris, chez Pierre Aubouyn et Pierre Emery* (1694), in-12, parchemin.

369. Entretien sur le théâtre au sujet de Judith, tragédie. — Judith, tragédie, par M. Boyer de l'Académie françoise. *A Paris, chez Michel Brunet,* 1695, 2 ouvr. en 1 vol. in-12, v. ant.

370. Pièces de M. de la Thuillerie. *A Paris, chez Thomas Guillain,* 1696, in-12, v. ant.

Crispin (1680). — Soliman (1681). — Hercule (1682). — Crispin Bel Esprit (1682).

371. Œuvres complètes de Regnard, avec une notice et de nombreuses notes critiques, historiques et littéraires de feu M. Beuchot. *Paris, Adolphe Delahays,* 1860, 2 vol. gr. in-8, br. (*Gravures d'après les dessins de Desenne.*)

372. Le Capricieux, comédie (par J.-B. Rousseau). *A Paris, chez Michel Brunet,* 1701, pet. in-8, demi-rel. v. viol.

Édition originale.

373. Ésope à la cour, comédie héroïque, par feu M. Boursault. *A Paris, chez la veuve de Clément Gasse,* 1702, in-12, demi-rel. v. vert.

Édition originale.

374. Débora, tragédie chrétienne (par Duché). *A Paris,* 1706, in-8, v. ant.

375. Tragédies de Mlle Barbier. *A Paris, chez Pierre Ribou,* 1707, in-12, v. ant. fig.

Transposition à la fin de la *Mort de César.*

376. Œuvres de M. de Crébillon, de l'Académie françoise. *A Paris, de l'Impr. royale,* 1750, 2 vol. in-4, front. dessiné et gravé par F. Boucher, v. ant. marbr.

377. Rhadamisthe et Zénobie, tragédie, par M. de Crébillon. *A Paris, chez Pierre Ribou,* 1711, in-12, demi-rel. chagr. vert.

   Édition originale.

378. Rhadamisthe et Zénobie, tragédie de M. de Crébillon. *A Paris, chez Pierre Ribou,* 1711, plaq. in-12, cart.

379. Le Temple de la gloire, ballet qui sera dansé au collége de Louis-le-Grand, à la tragédie de Jonathas le Machabée, le mercredi 4 jour d'aoust 1723 à midi. *A Paris, chez les frères Barbou,* 1723 (15 pages). — L'Idylle sur la paix et l'églogue de Versailles, divertissements représentez en différens temps, par l'Académie royale de musique ; les paroles sont de différens auteurs (Racine) (16 pages). Ensemble 2 pièces en une plaquette in-4, cart.

380. Les Parodies du nouveau théâtre italien, ou Recueil des parodies représentées sur le théâtre de l'hôtel de Bourgogne, par les comédiens ordinaires du roy, avec les airs gravés. *A Paris, chez Briasson,* 1738, 4 vol. in-12, front. gr. v. éc. fil.

381. Théâtre de société, ou Recueil de différentes pièces, tant en vers qu'en prose, qui peuvent se jouer sur un théâtre de société. *A la Haye, et se trouve à Paris,* 1768, 2 vol. in-8, v. ant. marbr.

382. Théâtre. — L'École des pères, par Piron. 1763. — L'Épouse suivante, comédie, par M. de Chevrier. 1756. — Alcibiade, comédie, par M. Poisson. 1731. — Caton d'Utique, tragédie. 1715. — Agamemnon, tragédie (par Boyer). 1680. — L'Opiniâtre, comédie (de l'abbé Breuys). 1725. — Les Machabées, tragédie, par M. de la Mothe. 1722. — Habis, tragédie, par Mme de Gomez. 1714. Ens. 8 pièces in-8 et in-12, rel. et br.

383. Œuvres de M. Desmahis. *A Paris,* 1770, in-8, cart. non rogné.

384. Chefs-d'œuvre dramatiques, ou Recueil des merveilleuses pièces du théâtre françois, tragique, comique et lyrique, par M. Marmontel, historiographe de France. *A Paris, de l'impr. de Grangé,* 1773, in-4, planches et vign. d'Eisen, bas.

385. Œuvres de théâtre de M. Diderot, avec un discours sur la poésie dramatique. *Paris,* 1771, 2 vol. in-12, v. éc. fil.

386. Pièces de théâtre en vers et en prose. — Cornélie vestale. — François second, roi de France. — La Petite Maison. — Le Jaloux de lui-même. — Le Réveil d'Epiménide. — Le Temple des chimères. *S. l.,* 1778, in-8,

joli médaillon sur le titre d'Eisen, gravé par de Longueil, v. ant. marbr.

387. Colette et Lucas, comédie en un acte mêlée d'ariettes. *S. l.*, 1781, in-8, vign. mar. rouge, dent. à comp. tr. dor. (*Anc. rel.*)

388. Mercier (L.-S.). La Mort de Louis XI, roi de France. *A Neufchâtel*, 1783. — Portrait de Philippe II, roi d'Espagne. *Amsterdam*, 1785, 2 pièces en 1 vol. in-8, v. ant.

389. Le Connétable de Bourbon, tragédie. *A Paris*, 1785, in-16, v. f. fil. tr. dor.

390. La Folle Journée, ou le Mariage de Figaro, comédie, par M. de Beaumarchais. *Au Palais-Royal, chez Ruault*, 1785, in-8, portrait et planches de Saint-Quentin, gravées par Malapeau, demi-rel. mar. r. tr. jasp.

Court de marges et taché.

391. Montalembert (le marquis de). La Statue, comédie. — La Bergère de qualité, comédie. — La Bohémienne supposée, comédie. *S. l.*, 1786. Ens. 3 pièces en 1 vol. in-8, v. ant.

392. Théâtre de M. Ronsin. *A Paris, de l'impr. de Cailleau*, 1786, in-12, cart. non rog.

393. La dernière édition de la Cour plénière, héroï-tragi-comédie, par M. l'abbé de Vermond. *A Baville, et se trouve à Paris*, 1788, in-8, demi-rel. dos et coins de v. f. fi'. tr. dor. (*Raparlier.*)

394. Le Jugement dernier des rois, prophétie en un acte en prose, par P. Sylvain Maréchal. *A Paris, l'an second*, plaquette in-8, demi-rel. dos et coins cuir de Russie, tr. dor.

3 5. Théâtre de Fabre d'Églantine. *A Paris, an IX de la Rép.* (1801), in-8, poitr. gravé, demi rel. chagr. rouge, tr. jaspée.

l'Amour et l'Intérêt — Le Présomptueux. — Le Philinte de Molière. — Le Convalescent de qualité. — L'Intrigue épistolaire. — Les Précepteurs.

396. Œuvres mêlées et posthumes de Ph.-Fr. Fabre d'Eglantine. *Paris, an XI*, 2 tom. en 1 vol. in-8, demi-rel. mar. rouge, tr. jasp.

397. Les Deux Gendres, comédie, par M. Étienne (avec diverses pièces satiriques s'y rapportant, de Bonvet et autres). *Paris*, 1811, in-8, demi-rel. chagr. vert, tr. jasp.

398. Buonaparte, ou l'Abus de l'abdication, pièce héroïco-romantico-bouffonne. *Paris, J.-Q. Dentu*, 1815, in-8, demi-rel. v. f. tr. jasp.

399. Mélanges poétiques et dramatiques. — La Vision, par Mlle Delphine Gay. 1825. — Saül, tragédie, par Alex. Soumet, 1822. — Le Ménage de Molière, comédie. 1822. — La Villéliade, poëme. 1826. — Farruck le Maure, drame. 1831. — Versailles, par Cam. Doucet. 1839. — Les Jours gras sous Charles IX, drame. 1832. Ens. 7 pièces réunies en 1 vol. in-8, demi-rel. v. viol.

400. HERNANI, ou l'Honneur castillan, drame, par Victor Hugo. *Paris*, 1830, in-8, cart. non rog.

Première édition.

401. Hugo (Victor). Hernani, ou l'Honneur castillan, drame. *Paris, Barba*, 1830, in-8, br.

Première édition; quoique le titre porte deuxième édition, c'est bien la première dont on a réimprimé le titre. Avec la signature *Hierro* au faux-titre, portrait ajouté.

402. Harnali, ou la Contrainte par cor (parodie d'Hernani), par Aug. de Lauzanne. *Paris, Bezon*, 1830, br. in-8, cart. (avec l'affiche de la 1re représentation).

Devenu très-rare.

403. Hugo (Victor). Drame III, Hernani. — Drame IV, Marion Delorme. — Drame VIII, Angelo. *Paris, Eug. Renduel*, 1836, 3 vol. in-8, br.

Tomes séparés de l'édition collective.

404. Hugo (Victor). Le Roi s'amuse, drame. *Paris, Duriez*, 1843, in-8, br. neuf.

405. Hugo (Victor). Lucrèce Borgia. — Marie Tudor. — Les Burgraves. *Paris, E. Michaud*, 1843, 3 vol. in-8, br. neuf.

406. Hugo (Victor). Cromwell. *Paris, Duriez*, 1843, 2 vol. in-8.

407. Mérimée (Pr.). Théâtre de Clara Gazul, comédienne espagnole. *Paris, Fournier*, 1830, in-8, br.

Deuxième édition. Exemplaire neuf.

408. Stockholm, Fontainebleau et Rome, trilogie dramatique sur la vie de Christine, cinq actes en vers avec prologue et épilogue, par Alex. Dumas. *Paris, Barba*, 1830, in-8, demi-rel. v. f.

409. Dubois cardinal, proverbe historique. — Une Tuerie de Cosaques, scène d'invasion, par Godefroy Cavaignac. *Paris*, 1831, in-8, demi-rel. bas.

410. Une Famille au temps de Luther, tragédie par M. Ca-

simir Delavigne. *Paris*, 1836, in-8, demi-rel. v. f. tr. jasp.
avec un envoi autoyr. sig. de l'auteur.

Première édition.

411. Sand (G.). Cosima, ou la Haine dans l'amour, drame en
5 actes précédé d'un prologue. *Paris, Bonnaire*, 1840,
in-8, demi-rel. maroq. vert, tr. jasp.

Première édition.

412. La Ligue, scènes historiques, par L. Vitet. *Paris, Ch.
Gosselin*, 1844, 2 vol. in-18, br.

413. Monnier (Henri). Scènes populaires. *Paris, Hetzel*,
1846, 2 vol. — Les Bourgeois de Paris. *Paris, Ad. Delahays*, 1855. — Ens. 3 vol. in-18, br.

414. Vigny (Alfr. de). Théâtre complet. *Paris, Charpentier*,
1848. — Journal d'un poëte. *Paris, M. Lévy*, 1867. Ens.
2. vol. in-18, br.

---

415. Théâtre européen. Nouvelle collection des chefs-d'œuvre des théâtres allemand, anglais, espagnol, danois,
français, hollandais, italien, polonais, russe, suédois, etc.,
avec des notices et des notes. *Paris, Ed. Guérin*, 1835,
in-4, texte à deux col. demi-rel. chagr. noir, tr. jasp.

416. Il Pastor fido, tragicomedia pastorale del signor cava-
lier Battista Guarini. *In Amsterdam, nella stamperia del
S. D. Elsevier et in Parigi si vende appresso Th. Jolly*,
1678, pet. in-12, front. gr. parch.

417. Filli di Sciro, favola pastorale del conte Guidubaldo de
Bonarelli. *In Amsterdam, nella stamperia del S. D. Elsevier*, 1678, in-16, front. et grav. v. ant.

Exemplaire court de marges.

418. Œuvres complètes de Shakespeare, traduction de
M. Guizot. *Paris, Didier*, 1865, 8 vol. in-12, br. neuf.

419. Pensées de Shakespeare extraites de ses ouvrages.
Besançon, 1801, plaq. in-12, cart. de 46 pages.

420. Théâtre de Goethe, traduction Marmier. — Le Faust de
Goethe, traduction complète de Henri Blaze. — Le Faust
anglais de Marlowe. *Paris*, 1840, 3 vol. in-18, br.

421. Wallstein, tragédie en cinq actes et en vers, précédée de
quelques réflexions sur le théâtre allemand, et suivie de
notes historiques, par Benjamin Constant, de Rebecque.
A Paris, chez J.-J. Paschoud, 1809, in-8, portrait, demi-
rel. maroq. rouge, tr. jasp.

422. La Reconnaissance de Sacountala, drame sanscrit et pracrit de Calidasa, traduit par A.-L. Chézy. *Paris, Dondey-Dupré*, 1832, in-8, br.

V. ROMANS.

423. Les Amours pastorales de Daphnis et Chloé, écrites en grec par Longus, et traduites en françois par Amiot. Avec figures. *A Paris, chez les héritiers de Cramoisy*, 1716, in-12, fig. v. antiq.

424. Les Amours de Daphnis et Chloé (traduction de 1782). *A Mitylène*, 1783, front. et portrait gravé in-16 (*Cazin*), tiré in-8, v. f. antiq. fil. tr. dor.

425. Les Amours d'Ismène et d'Isménias. *A la Haye,* 1743, in-12, v. porph. fil. tr. dor. fig. gr.

426. Les Affections de divers amans faicles et rassemblées par Parthénius de Nicée, ancien auteur grec, et nouvellement mises en françoys. *S. l.*, 1743, in-12, v. antiq. fil. tr. dor.

427. L'Histoire æthiopique dé Heliodorvs, contenant dix livres traitant des loyales et pudiques amours de Théagène Thessalien et Chariclea Æthiopienne, traduite de grec en françois, et de nouveau reveue et corrigée sur un ancien exemplaire escript à la main, par le translateur, où est déclaré au vray qui en a esté le premier autheur. *A Paris, pour Jean Longis et Robërt le Mangnier*, 1559.

428. Lvc Apvlée, de l'Ane doré, xi livres, traduit en françois par Louneau d'Orléans, et mis par chapitres et sommaires. *A Paris, par Nicolas Bonfons*, 1586, in-16, demi rel. chagr. rouge, tr. jasp. figures sur bois.

429. L'Ane d'or d'Apulée, précédé du Démon de Socrate; nouvelle traduction avec le latin en regard par J.-A. Maury. *A Paris, chez Jean-François Bastien*, 1822, 2 vol. in-8, demi-rel. v. antiq. tr. jasp.

430. L'Éloge de la Folie, d'Érasme, traduite par M Gueudeville. *A Leide, chez Pierre Vander Aa*, 1713, in-12, fig. v. antiq.

---

431. Thresor de tovs les livres d'Amadis de Gavle, contenant les Harangues, Epistres, Concions, Lettres missives, Demandes, Responses ..., etc. *A Lyon, chez Pierre Rigaud*, 1605, fort vol. in-16, parch.

432. Histoire pitoyable du prince Erastus, fils de Dioclétien, empereur de Rome, contenant exemples et notables discours traduits d'italien en françois. *A Paris, par Nicolas Bonfons*, 1587, in-16, v. f. à comp. dent. int. tr. dor. (*Capé.*)

433. Œuvres de Rabelais, précédées d'une notice historique sur la vie et les ouvrages de Rabelais, augmentées de nouveaux documents, par P. L. Jacob, illustrées par Gustave Doré. *Paris, Ph. Toubon*, 1857, in-4, br. texte à deux col.

434. Le Romant d'Anacrine, ov sont representez plusieurs combats, histoires véritables et amoureuses de l'invention d'un des beaux esprits de ce temps. *A Troyes, et se vendent à Paris, chez Toussaint du Bray*, 1612, in-12, parch.

435. Allius Sciarius. Histoire romaine recveillie de diuers autheurs. — Histoire des prosperitez malhevrevses d'vne femme cathenoise, grande seneschalle de Naples. *A Paris, chez la veuve Jean Regnoul*, 1617, 2 ouvr. en 1 vol. in-8, réglé vél. tr. dor.

436. Les Amovrs du berger Philandre et de Caliste, et autres œuures, par le sieur des Vallottes. *A Paris, chez Jacques Villery*, 1623, in-8, demi-rel. dos et coins, v. antiq.

437. Les Avantures du baron de Fœneste, par Théodore-Agrippa d'Aubigné. *A Amsterdam*, 1731, 2 vol. in-12, v. antiq.

438. Les Novvelles heroïqves et amovrevses de monsieur l'abbé de Bois-Robert. *A Paris, chez Pierre Lamy*, 1657, in-8, v. antiq.

439. La Vraie Histoire comique de Francion, composée par Charles Sorel, sieur de Souvigny, édition publiée par Em. Colombey. *Paris, Ad. Delahays*, 1858, in-18, cart. n. rog.

440. Nouvelle allégoriqve, ov Histoire des derniers trovbles arrivez au royaume d'éloquence (par Antoine Furetière, abbé de Chalivoy). *A Paris, chez Pierre Lamy*, 1658, in-12, planche curieuse, parch.

441. Relation de l'Isle imaginaire. — Histoire de la princesse de Paphlagonie par Mlle de Montpensier. *A Paris, chez Ant.-Aug. Renouard*, 1805, in-12, portr., demi-rel. dos et coins cuir de Russie, fil. tranch. dor. (*Raparlier.*)

442. Le Roman bourgeois, ouvrage comique (par Furetière). *A Paris, chez Denis Thierry*, 1666, in-8, v. antiq.

Première édition.

443. Mathilde (avec les jeux lui servant de préface), par Mlle Scudéry. *A Paris, chez Edme Martin*, 1667, in-8, front. gr. de Chauveau, demi-rel. mar. rouge, tr. jasp.

444. Les Amours de Psiché et de Cupidon, par M. de la Fontaine. *A Paris, chez A. Barbier*, 1669, in-8, maroq. rouge à compart. dos orné, dent. int. tr. dor. (*Capé.*)

Première édition. Bel exemplaire.

445. Histoire des Amovrs de Lysandre et de Caliste, par Baudiguier. *A Amsteldam, chez Henry et Théodore Boom*, 1670, in-12, front. et fig. gr. maroq. rouge, dent. int. tr. dor. (*Thompson.*)

446, La Fausse Clélie, histoire françoise galante et comique (par Subligny). *A Amsterdam (la Sphère), chez Jaques Wagenaar*, 1671, in-8, front. gr. parch.

447. La Princesse de Clèves (par Mme de la Fayette, Segrais et le duc de la Rochefoucauld). *Paris, Claude Barbin, au Palais, sur le second perron de la Sainte-Chapelle*, 4 parties en 2 vol. in-12, v. antiq. — Lettres à madame la marquise *** sur le sujet de la Princesse de Clèves. *Chez Séb. Mabre-Cramoisy*, 1678, in-12, v. antiq.

Le tome Ier et le tome II portent la date de 1689, le tome III et le tome IV sont de bonne date (1678).
Premier volume : 1re et 2e partie, 154 mill.
Second volume : 3e et 4e partie, 151 mill.

448. L'Histoire de la Philosophie des héros, roman nouveau ou philosophie nouvelle. *A Paris, chez Jean l'Espicier*, 1681, in-12, demi-rel. v. bleu, tr. peig.

449. La Conclusion salutaire. *A Amiens, chez Michel Enobbart*, 1686, in-16, fig. grav. cart.

450. Arlequin, comédien aux Champs-Élisées, nouvelle historique, allégorique et comique. *A Paris, chez Arnoul Seneuze*, 1691, in-12, parch. fig.

451. La Vie et avantures de Lazarille de Tormes, écrites par lui-même, traduction nouvelle sur le véritable original espagnol, embellie de plusieurs figures. *A Brusselles, chez George de Backer*, 1699, 2 part. en 1 vol. in-12, v. ant.

452. Candide, ou l'Optimisme, traduit de l'allemand de M. le docteur Ralph (par Voltaire). *S. l.* 1759, in-12, portr. chagr. vert et fil.

Première édition.

453. L'Ingénu, histoire véritable, tirée des manuscrits du Père Quesnel (composée par Voltaire). *Londres*, 1767, in-8, v. ant. marbr. (*Armoiries.*)

454. Le Temple de Gnide, nouvelle édition, avec figures gravées par N. le Mire, d'après les dessins de Ch. Eisen, le texte gravé par Drouët. *A Paris, chez le Mire, graveur,* 1772, pet. in-4, v. porph. fil. tr. dor.

455. Galatée, roman pastoral, imité de Cervantès par M. de Florian de l'Académie françoise, édition ornée de figures en couleur, d'après les dessins de Monsiau. *Paris, chez Defer de Maisonneuve,* 1793, in-4, v. rac. dent. tr. dor.

456. La Mort d'Abel, par Salomon Gessner. *A Paris, chez Ant.-Aug. Renouard,* 1802, in-12, portr. et fig. de Moreau le jeune, v. rac. fil. tr. dor.

457. Stael (Mme de). — Delphine. — Corinne. — De l'Allemagne. — De la Littérature. — Considérations sur la Révolution française. — Mémoires. *Paris, Charpentier,* 1839-1844. Ens. 6 vol. in-18, br.

458. Histoire du roi de Bohême et de ses sept châteaux (par Ch. Nodier). *Paris, Delangle frères,* 1830, gr. in-8, cart. fig. nombreuses vignettes de Tony Johannot.

Exemplaire en grand papier vélin, non rogné.

459. Nodier (Ch.). Franciscus Columna, dernière nouvelle. *Paris, Techener et Paulin,* 1844, br. pet. in-8, couv. impr. portrait.

Deuxième édition.

460. Les Deux Fous, histoire du temps de François Ier (1524), par P. Lacroix. *Paris, Eug. Renduel,* 1830, in-8, br.

Envoi autogr. signé de l'auteur. Bel exemplaire.

461. Vigny (Alfr. de). Stello, ou les Diables bleus (*Blue Devils*), première consultation du docteur noir. *Paris, Gosselin et Eug. Renduel,* 1832, in-8, br. (trois vign. de T. Johannot, grav. par Bréviaire, chine.)

462. Vigny (Alfr. de). Cinq-Mars, ou une Conspiration sous Louis XIII. *Paris, Levavasseur et Ch. Gosselin,* 1833, 2 vol. in-8, br.

Cinquième édition.

463. Confidences, par M. Jules Lefèvre. *Paris,* 1833, in-8, demi-rel. v. f. tr. marbr.

464. Mosaïque (par Prosper Mérimée). *Paris, H. Fournier,* 1833, in-8, demi-rel. chagr. vert foncé, tr. jasp.

465. Balzac (H. de). Le Livre mystique. *Paris, Werdet,* 1856, 2 vol. in-8, br.

Première édition. Bel exemplaire.

466. MADAME PUTIPHAR, par Pétrus Borel (le Lycanthrope). *Paris*, 1839, 2 vol. gr. in-8, br.

Bel exemplaire en grand papier, avec les deux eaux-fortes et un envoi autographe de l'auteur. Rare.

467. Lefèvre (Jules). Les Martyrs d'Arezzo. *Paris, Ambr. Dupont*, 1839, 2 vol. in-8, br.

468. Sand (George). Gabriel. *Paris, Félix Bonnaire*, 1840, in-8, br. couv. impr.

Première édition.

469. Latouche (H. de). Un Mirage. *Paris, Dumont*, 1842, in-8, br.

470. Soulié (Frédéric). — Le Comte de Toulouse. — Le Vicomte de Béziers. — Sathaniel. *Paris*, 1844-1860, 3 vol. in-18, br.

471. Le Cabinet des fées, illustré par MM. Lorentez, Seguin, Français, Cél. Nanteuil, contes de tous les temps et de tous les pays, recueillis et mis en ordre par P. Christian. *Paris, Ad. Delahays*, 1849, gr. in-8, br.

472. Gaspard de la nuit, fantaisies à la manière de Rembrandt et de Callot, par Louis Bertrand, précédé d'une notice par M. Sainte-Beuve. *Angers*, 1842, in-8, br.

473. Gérard de Nerval. — Les Filles de feu. — La Bohème galante. — Souvenirs d'Allemagne. *Paris, Michel Lévy fr.*, 1857-1860, 2 vol. in-18, br.

474. La Fille de minuit, par Valery Vernier. *Lyon, N. Scheuring*, 1865, in-8, br.

---

475. Cervantes. — Histoire de Don Quichotte, traduite par F. de Bretonne, 2 vol. — Le Don Quichotte d'Avellaneda, traduit par Germond de Lavigne. *Daris, Didier*, 1847-1853, 3 vol. in-18, br.

476. Les Visions de Dom Francisco de Qvevedo Villegas, chevalier de l'ordre de S.-Jacques et seigneur de Juan Abad, traduites d'espagnol par le sieur de la Geneste. *A Paris, chez Pierre Billaine*, 1634, in-8, demi-rel. mar. rouge, tr. peign.

Raccommodages et mouillures.

477. Histoire de Don Pablo de Ségovie, traduite de l'espagnol et annotée par A. Germond de Lavigne. *Paris, Ch. Warée*, 1843, in-8, br. vignettes.

VI. PHILOLOGIE, SATIRES, ENTRETIENS, ÉPISTOLAIRES.

478. Recherches sur les sources antiques de la littérature française, par Jules Berger de Xivrey. *Paris, Crapelet,* 1829, in-8, br.

479. Sainte-Beuve. Tableau historique et critique de la poésie française et du théâtre français au XVIᵉ siècle. *Paris, Charpentier*, 1843, in-18, br.

480. Relation contenant l'histoire de l'Académie française (par P. Pellisson). *A Paris, chez Pierre le Petit,* 1672, in-12, v. f. fil. dent. int. tr. dor. (*Raparlier.*)

481. Tableau de la littérature française au XVIIIᵉ siècle, par de Barante. — Curiosités littéraires, par Ludovic Lalanne. — Essai de littérature médicale, par Baratte. — L'année littéraire et dramatique (1866). — Prosodie de l'école moderne. — Curiosités bibliographiques. — Ens. 6 vol. in-18, br.

482. Essai historique sur la liberté d'écrire, par Gabr. Peignot. *Paris*, 1832, in-8, br.

483. Monselet (Ch.). La Lorgnette littéraire. *Paris, Poulet-Malassis,* 1859, in-12 carré, br.
Deuxième édition.

484. Recueil de quelques articles tirés de différents ouvrages périodiques. *S. l., an VII*, in-4, v. ant. marbr.

485. Nodier (Ch.). Mélanges de littérature et de critique mis en ordre et publiés par Alexandre Barginet. *Paris, chez Raymond*, 1820, 2 vol. in-8, demi-rel. bas.

486. Mélanges d'histoire et de littératnre, diverses pièces réunies en 1 vol. in-8, demi-rel. v. bleu, tr. jasp.

487. Recueil littéraire historique, théologique, mystique, philosophique, démocratique, révolutionnaire et biographique. In-4, demi-rel. chagr. vert foncé, tr. peign.

488. Entrevue de Napoléon Iᵉʳ et de Gœthe, suivie de notes et commentaires, par S. Sklower. *Lille*, 1853, in-8, portraits, demi-cart. perc. bleue.

489. Monographie de la presse parisienne, par H. de Balzac. *Paris*, 1842. (*Envoi aut. sig. de l'auteur.*) — La Femme comme il faut. 8 pages. (*Epreuves corrigées de la main* DE BALZAC, *avec* LE BON A TIRER.) — Le Monument de Molière, poëme;

par Mme Louise Colet. *Paris*, 1843, fig. (*Envoi autogr. sig. de l'auteur.*) — Découvertes d'un bibliophile, ou lettres sur différents points de morale enseignés dans quelques séminaires de France. *Strasbourg*, 1843. — Et autres brochures, réunies en 1 vol. in-8, cart.

---

490. Cymbalum mundi, ou Dialogues satiriques sur différents sujets, par Bonaventure des Periers. *A Amsterdam, chez Prosper Marchand*, 1732, in-12, front. gr. de Bernard Picart, v. f. ant.

491. Les Évangiles des quenouilles, nouvelle édition. *Paris, P. Jannet*, 1855, in-12, cart. perc. r.

492. Les Quinze Joyes du mariage. — Les Caquets de l'accouchée. *Paris, P. Jannet*, 1855, 2 vol. in-12, cart. perc. r. n. rog.

493. Rétif de la Bretonne. — Les Gynographes, ou Idées de deux honnêtes femmes sur un projet de règlement proposé à toute l'Europe pour mettre les femmes à leur place et opérer le bonheur des deux sexes. *A la Haie et se trouve à Paris*, 1777, in-8, v. ant. mar.

Tome III des *Idées singulières*.

494. Dictionnaire des Girouettes, ou nos contemporains peints d'après eux-mêmes (par M. le comte de Proisy d'Eppe). *Paris, Alex. Emery*, 1815, in-8, fig. coloriée demi-cart. tr. jasp.

495. Polichinel, ex-roi des marionnettes, devenu philosophe, par Lorentz. *Paris, Willermy*, 1848, in-8, br. fig.

496. Barbey d'Aurevilly (J.-A.). Du Dandysme et de G. Brummell. *Caen, B. Mancel*, 1845, in-12, br.

Édition originale. Bel exemplaire avec la couverture imprimée.

---

497. Matinées sénonoises, ou Proverbes françois, suivis de leur origine, de leur rapport avec ceux des langues anciennes et modernes. *A Paris et à Sens*, 1789, in-8, demi-r. chagr. vert foncé, tr. jasp.

498. Les Propos de table de Martin Luther, traduits par Gust. Brunet. *Paris, Garnier fr.*, 1844. — Les Noëls bourguignons de Bernard de la Monnoye (Gui Barozai). *Paris, Lavigne*, 1847. Ens. 2 vol. in-18, br.

499. Les Entretiens de feu monsieur de Balzac. *A Leide, chez Jean Elzevier*, 1659, in-12, titre, front. gr. maroq. rouge, jans. dent. int. tr. dor. (*Raparlier.*)

Hauteur : 128 millim.

500. Entretiens et lettres poétiques du P. le Moyne, de la Compagnie de Jésus. *A Paris, chez Estienne Loyson*, 1665, in-12, front. gr. v. ant.

501. Césarion, ou Entretiens divers, par l'abbé de Saint-Réal. *A la Haye, chez Barent Beek*, 1685, pet. in-12 v. antiq.

---

502. Novvelles OEvvres de fev M. Théophile, composées d'excellentes lettres françoises et latines soigneusement recueillies, mises en ordre et corrigées par M. Mayret. *Iouxte la copie à Paris, chez Antoine Sommaville*, 1656, in-12, demi-rel. mar. viol.

503. Lettres de monsieur Arnaud d'Andilly. *Iouxte la copie à Paris, chez Pierre le Petit*, 1662, in-12, parch.

504. Lettres de feu monsieur de Balzac à monsieur Conrart. *A Amsterdam, chez les Elzeviers*, 1664, in-12, front. gr. demi-rel. maroq. vert.

505. Lettres choisies du sieur de Balzac. *A Amsterdam, chez les Elzeviers*, 1678, in-12, titre front. gr. maroq. rouge à gros grain, dent. int. tr. dor. (*Raparlier.*)

Hauteur : 128 millim. et demi.

506. Lettres inédites de madame la marquise du Chastelet à M. le comte d'Argental (et à M. de Maupertuis). *Paris*, 1806, in-8, grand papier, avec un portrait gravé par Langlois, demi-rel. v. vert n. rog.

507. Lettres originales de Mirabeau écrites du donjon de Vincennes pendant les années 1777-78-79 et 1780, contenant tous les détails sur sa vie privée, ses malheurs et ses amours avec Sophie Ruffec, marquise de Monnier, recueillies par P. Manuel, citoyen français. *Paris*, 1792, 4 vol. in-8, v. rac.

VII. POLYGRAPHES.

508. OEuvres complètes de J. de la Fontaine, avec des notes et une nouvelle notice sur sa vie, par C.-A. Walckenaer.

A Paris, chez Lefèvre, 1838, 2 vol. in-8, portrait sur chine de Deve.ia, demi-rel. maroq. vert tr. peig.

509. Les Œuvres posthumes de monsieur de la Fontaine. *A Paris, chez Jean Pohier*, 1696, in-12, v. antiq.

510. Les Œvvres de monsievr Sarazin. *Imprimé à Rouen et se vend à Paris chez Avgvstin Courbé*, 1658, in-12, portrait gravé et vignette sur le titre, v. antiq. fil.

511. Les Dernières Œuvres de monsievr Scarron, divisées en deux parties. *A Paris, chez Guillavme de Luyne*, 1668, in-12, v. antiq.

512. Les Œuvres de monsieur de Cyrano Bergerac, nouvelle édition. *Amsterdam, ch : Jacques Desbordes*, 1709. 2 vol. in-12, v. antiq. figures.

513. Les Œvvres diverses du sieur de Balzac. *Amsterdam, chez Daniel Elzevier*, 1664, in-12, v. antiq.

Hauteur : 131 millim.

514. Apologie povr monsievr de Balzac, par F. Ogier. *A Rouen, et se vend à Paris chez Lovis Billaine*, 1663, in-12, v. antiq.

515. Recueil de divers ouvrages en prose et en vers, par M. Perrault, de l'Académie françoise. *Paris, chez J.-Bapt. Coignard*, 1676, in-12, v. antiq.

516. Œuvres choisies de J.-B. Rousseau ; odes, cantates, épîtres et poésies diverses. *Paris, Janet et Cotelle*, 1823, in-8, portrait gravé, demi-rel. dos et coins de maroq. rouge, fil. dos orné, tête dor. n. rog.

517. Œuvres complètes de Montesquieu, avec les notes de tous les commentateurs. *A Paris, chez Lefèvre*, 1839, 2 vol. in-8, portrait gravé, demi-rel. chagr. vert, tr. jasp.

518. Œuvres complètes de J.-J. Rousseau, avec des notes historiques, par G. Petitain. *Paris, J. Lefèvre*, 1839, 8 vol. in-8, 2 épreuves de portrait, demi-rel. chagr. vert tr. jasp.

519. Lettres sur les ouvrages et le caractère de J.-J. Rousseau, par Mme la baronne de Staël-Holstein. *Au temple de la Vertu*, 1789, in-8, demi-rel. maroq. rouge, portrait et fac-simile.

520. Œuvres complètes de Voltaire. *L. Hachette*, 1859-1862, 35 vol. in-18, br. Neuf.

521. La Vie de Voltaire, par M***. *A Genève*, 1786, in-8, portrait, v. antiq. marbr.

522. Œuvres choisies de Diderot, précédées de sa Vie par F. Génin. *Paris, Firmin-Didot fr.*, 1847, 2 vol. in-18, br.

523. Œuvres du marquis de Villette. *A Londres*, 1786, in-16, v. gr.

Exemplaire sur papier rose.

524. Hugo (Victor). — Œuvres diverses. *Paris, Charpentier, Hetzel, Hachette*, 1841, 19 vol. in-18, br.

Les Orientales, 1 vol. — Odes et Ballades, 1 vol. — Les Feuilles d'automne, suivies des Chants du crépuscule, 1 vol. — Les Voix intérieures, suivies de les Rayons et les Ombres, 1 vol. — La Légende des siècles, 1 vol. — Cromwell, 1 vol. — Théâtre, 3 vol. — Bug-Jargal, le Dernier Jour d'un condamné, 1 vol. — Han d'Islande, 1 vol. — Notre-Dame de Paris, 2 vol. — Littérature et Philosophie, 1 vol. — Le Rhin, 2 vol. — Les Châtiments, 1 vol. — Napoléon le Petit, 1 vol.

525. Balzac (H. de). — Œuvres diverses. *Paris, Charpentier, Cadet et M. Lévy*, 1841-1853, 9 vol. in-18, br.

Le Père Goriot. — Le Cousin Pons. — La Cousine Bette. — César Biroteau. — Histoire des Treize. — La Recherche de l'absolu. — Le Faiseur, comédie. — Incarnation de Vautrin. — Théâtre.

526. Stendhal (de) (Henri Beyle). — Œuvres. *Paris, J. Hetzel et Mich. Lévy*, 1846-1854, 4 vol. in-18, br.

La Chartreuse de Parme. — Le Rouge et le Noir. — L'Amour. — Romans et Nouvelles.

527. Musset (Alf. de). — Œuvres. *Paris, Charpentier*, 1841-1852, 5 vol. in-18, br.

Poésies. — Poésies nouvelles. — Confession d'un enfant du siècle. — Nouvelles. — Comédies et Proverbes.

528. Bibliothèque originale. *Paris, René Pincebourde*, 1866, 6 vol. in-12 carré, br. eaux-fortes.

Fréron, par Ch. Monselet. — Pétrus Borel, par Claretie. — La Mort d'Alexandre le Grand et la Mort de Jules César. — L'Histoire du sieur abbé comte de Bucquoy. — Correspondance intime de l'armée d'Égypte. — Les Mystifications de Caillot-Duval.

HISTOIRE.

I. HISTOIRE UNIVERSELLE.

529. Discours sur l'histoire universelle, par messire Jacques-Bénigne Bossuet, évesque de Meaux. *A Paris, chez Sébastien Mabre-Cramoisy*, 1681, in-4, v. antiq.
Édition originale.

530. Discours sur l'histoire universelle...... etc., par messire Jacques-Bénigne Bossuet, évesque de Meaux. *A Paris, chez Sébastien Mabre-Cramoisy*, 1682, in-12, v. antiq.

531. Mélanges historiques de P. C. (Paul Colomiés). *Utrecht, Elzevier*, 1692, in-12, v. antiq.

532. Histoire des plus illustres favoris anciens et modernes, recueillie par feu monsieur P. D. P., avec un journal de ce qui s'est passé à la mort du mareschal d'Ancre. *A Leide, chez Jean Elzevier*, 1659, in-4, v. antiq.

533. Cosmologia, historia cœli et mundi, varia apud varios sparsa, et obscure tradita. Avtore Antonio Mizaldo. *Lvtetiæ, apvd Federicum Morellum*, 1571, in-8, v. ant.

---

534. Svlpitii Severi Historia sacra cum optimis primisque editionibus accurate collata et recognita. *Lugd. Bat., ex officina Elzeviriana*, 1598, in-12, v. antiq.

535. Dv Rappel des Ivifs (par Isaac la Peyrere). *S. l.*, 1643, in-8, parch.

536. Cvrtii Rufi historiarum libri. *Lugd. Batavorum, ex officina Elzeviriana, anno* 1633, in-12, titre front. gr. (*Armoiries.*)

537. Annævs Florvs. C. L. Salmasivs addidit Lucium Ampelium. *Lugd. Batav., apud Elzevirios*, 1638, in-12, titre front. gr. v. antiq.

538. Justini historiarum ex Trogo Pompeio lib. XLIV cum notis Isaaci Vossii. *Lugd. Batavorum, ex officina Elzeviriana, anno* 1640, in-12, parch. titre front. gr.

539. Velleius Paterculus cum notis Gerardi Vossii. *Lugd. Batavorum, ex officina Elzeviriana*, 1639, in-12, front. gr. parch.

540. Histoire romaine, République, par Michelet. *Paris, L. Hachette*, 1843, 2 vol. in-8, br.

541. Sallustius Crispus cum veterum historicorum fragmentis. *Lugduni Batavorum, ex officina Elzeviriana*, 1634, in-12, cart. tr. fr. gr.

542. Sallustius Crispus cum veterum historicorum fragmentis. *Lugduni Batavorum, ex officina Elzeviriana*, 1634, pet. in-12, titre front. gr. parch.

543. Imperatorvm et Cæsarvm Vitæ cum imaginibus ad vivam effigiem expressis. *Lugduni, apud Balthazarum Arnolletum*, 1554, in-16, peau de truie estamp.

544. Histoire d'Herodian, excellent historien grec, traitant des faicts memorables des successeurs de Marc Avrele à l'empire de Rome, translatée du grec en françois par Jacqves, des comtes de Vintemille, Rhodien. *A Paris, de l'imprimerie Federic Morel*, 1580, in-4, bas. dent.

545. Probi Æmilii de excellentibus imperatoribus opus nuperrime æditū quā diligentissime emēdatum. (*A la fin :*) *Impressum Mediolani per Gotardum*, 1511, in-4, goth. cart.

546. Hystoria tripertita Cassiodori. *S. l.*, 1526, in-8, goth. demi-rel. chag. noir.

547. Histoire de Théodose le Grand, par M. Fléchier, abbé de Saint-Séverin. *A Paris, chez Sébastien Mabre-Cramoisy*, 1679, in-4, v. antiq.

II. HISTOIRE DE FRANCE.

548. Bibliothèque des Avtheurs qvi ont escrit l'histoire et topographie de la France divisée en deux parties, selon l'ordre des temps et des matières, par André Dv Chesne, géographe du roy. *A Paris, chez Sébastien Cramoisy*, 1627, in-8, vélin.

549. Le Thresor des histoires de France, réduit par tiltres, partie en forme d'annotations, partie pour lieux communs, par Gilles Corrozet. *Paris*, 1622, in-12, v. antiq.

550. Histoire de France avant Clovis, l'origine des François et leur establissement dans les Gaules. Abrégé chronologique de l'histoire de France, par le sieur de Mezeray, 5 vol. *Amsterdam, chez Abraham Wolfgang*, 1688, ens. 7 vol. in-12, v. antiq.

551. Nouvel Abrégé chronologique de l'histoire de France, contenant les événemens de notre histoire depuis Clovis jusqu'à la mort de Louis XIV : les guerres, les batailles, les

siéges, etc. *Paris, Prault père et fils*, 1752, in-4, jolies vign. grav. v. antiq. marbr.

552. Cérémonies et prières du sacre des rois de France, accompagnées de recherches historiques. *Paris, Firmin Didot*, 1825. — Discours de Michel de l'Hospital, chancelier de France, sur le sacre de François II, traduit en vers par Claude Joly. *Sur l'imprimé des Elzeviers à Paris, chez Firmin Didot*, 1825, 2 ouvr. en 1 vol. in-12, demi-rel. dos et coins de mar. bleu fleurdelisé, fil. tête dor. non rog. (*Raparlier.*)

553. Inauguration de Pharamond, ou exposition des loix fondamentales de la monarchie françoise, avec les preuves de leur exécution perpétuées sous les trois races de nos rois. *S. l.*, 1772, pet. in-8, v. bleu.

554. Origines des dignitez et magistrats de France, recueillies par Claude Fauchet. *A Paris, chez Jérémie Périer, MDCVI*, in-12, v. ant.

555. La Biographie et prosopographie des roys de France. *A Paris, chez Léon Cavellat, libraire*, 1582, in-8, v. ant.
   Le titre est refait à la plume.

556. La Biographie et prosopographie des roys de Fräce, descritte en vers fräçois (par Ant. du Verdier). *Paris, Léon Cavellat*, 1583, in-8, encadrements et fig. sur bois, basane.
   Exemplaire court de marges. Le titre manque.

557. Mémoires de Jean sire de Joinville, publiés par Francisque Michel. *Paris, Firmin Didot*, 1859, in-18, br. fig.

558. Dissertation historique sur Jean Ier, roi de France et de Navarre, par Monmerqué. *Paris, Tabary*, 1844, br. gr. in-8.

559. Entreveues de Charles IV, empereur, de son fils Vuenceslavs roy des Romains, et de Charles V, roy de France, à Paris l'an 1378, et de Louis XII, roy de France, et de Ferdinand, roy d'Arragon, à Sauonne, l'an 1507. Discours sur l'origine des roys de Portvgal yssus en ligne masculine de la maison de France, mémoires concernant la dignité et maiesté des roys de France, par E. Godefroy, advuocat en parlement. *A Paris, chez Pierre Chevalier*, 1613, in-4, v. ant. marbr. fil.

560. Histoire de messire Bertrand dv Gvesclin, connestable de France, dvc de Molines, contenant les gverres, batailles et conquèstes faites sur les Anglois, Espagnols et autres, durant les règnes des rois Jean et Charles V, escrite en prose l'an 1787 à la requeste de messire Jean d'Estou-

teville, capitaine de Vernon-sur-Seine, et nouvellement mise en lumière par Me Clavde Menard, conseiller dv roy. *A Paris, en la boutiqve de Nivelle*, 1618, in-4, v. ant. marbré.

561. La Cronique de très-chrestien et victorieux roy Loys vnziesme du nom, auec plusieurs histoires aduenues tant es pays de France, Angleterre, que Flandres et Artois, puis l'an 1461 iusqu'en l'an 1483 (par Iean Lemaire, de Troies). *On les vend à Paris en la boutique de Galliot du Pré*, 1558, in-8, v. ant.

562. Histoire des Français des divers états, ou Histoire de France aux cinq derniers siècles, par Amans-Alexis Monteil. *Paris*, 1847, 5 vol, gr. in-8, br.

563. Traité de matériaux manuscrits de divers genres d'histoire, par Alex. Monteil. *Paris, E. Duverger*, 1836, 2 vol. in-8, br.

564. Captivité du roi François Ier, par M. Aimé Champollion-Figeac. *Paris, Impr. royale*, 1847, in-4, br. fac-simile.

565. Croniqves de Iean Carion, philosophe, avec les faits et gestes du feu roy François iusques au règne du roi Henry II de ce nom, à present régnant, traduites en françois par maistre Jean Leblond. *A Lyon, par Jean de Tournes*, 1549, in-16, v. ant.

566. La Pragmatique Sãction, contenant les décrets du concile national de l'Église gallicane, assemblée en la ville de Bourges, au règne du roy Charles septiesme, avec le concordat d'icelle, entre le très-chrestien roy François premier de ce nom, et le pape Léon dixiesme. *A Paris, par Vincent Sertenas*, 1561, in-12, demi-rel. mar. bleu.

567. Pasqvillvs romanvs ad rectores civesque Galliæ. *S. l.*, 1536, 2 part. en 1 vol. plaq. in-4 de 8 ff v. est.

568. Histoire de l'estat de France, tant de la république que de la religion, sous le règne de François II, par Régnier, sieur de la Planche, publiée par M. Ed. Mennechet. *Paris, Techener*, 1836, in-fol. br. texte à 2 col.

569. Discours merveilleux de la vie, actions et déportemens de Catherine de Médicis, royne mère, déclarant tous les moyens qu'elle a tenus pour usurper le gouvernement du royaume de France, et ruiner l'estat d'iceluy, 1649. *Selon la copie imprimée à Paris*, in-12, demi-cart. percal. tr. jaspé.

570. 1572, Chronique du règne de Charles IX (par P. Mérimée). *Paris, Fournier*, 1832, in-8, demi-rel. mar. vert foncé, tr. jasp.
Deuxième édition.

571. Correspondance du roi Charles IX et du sieur de Mandelot, gouverneur de Lyon, pendant l'année 1572. — Lettre des Seize au roi d'Espagne, année 1591. *A Paris, chez Crapelet,* 1830, in-8, br.

572. Remonstrance avx François, povr les indvire à vivre en paix à l'advenir. *S. l.,* 1576, plaquette in-12 de 15 pages, cartonné.

573. Commentaires de messire Blaise de Monlvc, mareschal de France. *A Bourdeaus,* 1592, 2 tom. en 1 vol. in-8, v. antique.

574. Recueil de 12 pièces sur la ligue et Henri III, réunies en 2 vol. in-12, v. ant. mar. br.

> 1. Premier Discours sur l'estat de la France. — 2. Second Discours. — 3. La Fulminante. — 4. La Maladie de la France. — 5. Copie d'une lettre écrite au roy. — 6. Apologie de Maillart. — 7. La Fleur de lys. — 8. L'Anti-Espagnol. — 9. Discours sur la Conversion du roy. — 10. Libre Discours sur la délivrance de la Bretagne. — Le Francophile. — Apologie royale.

575. Remonstrance av roy très-chrestien Henry III de ce nom, roy de France et de Pologne, sur le faict des deux édicts de maiesté donez à Lyon, l'vn du X de septembre et l'autre du XIII d'octobre dernier passé, presente année 1574, touchant la nécessité de la paix et moyens de la faire. *A Francfort,* 1574.

576. Mémoires de Pierre de Miravlmont, conseiller du roy en la chambre du thrésor, sur l'origine et institution des cours souveraines et autres jurisdictions subalternes, encloses dans l'ancien Palais royal de Paris. *A Paris, pour Abel l'Angelier,* 1584, in-8, v. ant fil.

577. Bvlle de N. S. P. Pape Sixte V, contre Henry de Valois. *A Troyes, de l'impr. de Jean Moreau,* 1589, plaq. in-12, cart. de 12 ff.

578. Le Povvoir et commission de monseignevr l'illvstrissime et reverendissime cardinal Caietan, légat député par le S. Siége apostolique au royaume de France; en latin et en françois. *A Paris, chez Nicolas Nivelle,* 1590, plaq. in-12, cart. de 36 pages.

579. Histoire de la vie de Philippe de Mornay, seigneur du Plessis-Marly, contenant, outre la relation de plusieurs événemens notables en l'Estat, en l'Église, es cours et es armées, divers advis politiqs, ecclesiastiqs et militaires sur beaucoup de mouvemens importans de l'Europe, sous Henri III, Henri IV et Louis XIII. *A Leyde, chez Bonaventure et Abraham Elzevier,* 1647, in-4, v. ant.

580. Histoire du roy Henry le Grand, composée par messire Hardouin de Péréfixe, évesque de Rodez. *A Amsterdam, chez Louys et Daniel Elzevier*, 1661, in-12, v. ant.

Manque le frontispice.

581. Histoire du roy Henry le Grand, composée par messire Hardouin de Péréfixe, évesque de Rodez. *A Amsterdam, chez Antoine Michiels*, 1662, in-12, front. gr. v. ant.

582. Satyre Ménippée, de la vertu du catholicon d'Espagne et de la tenue des estats de Paris..... etc. *A Ratisbonne, chez Mathias Kerner (la Sphère)*, 1664, in-12, v. f. mod. fil. dent. int. tr. dor. (*Raparlier.*)

Hauteur : 122 millim.

583. Le Tocsin au roy, à la royne regente, mère du roy, aux princes du sang, à tous les parlements, magistrats, officiers, bons et loyaux subiects de la couronne de France, contre le livre de la puissance temporelle du Pape, mis n'aguères en lumière par le cardinal Bellarmin, jésuite, par la statue de Memnon. *On le vend à Paris, à l'enseigne de la Quadrature du cercle, en la rue du Tonneau des Danaïdes*, 1610, in-8, v. rac. fil.

584. Hercule soutenant le ciel, dessin des feux d'artifices dressez pour l'arrivée du roy en sa ville de Valenciennes, le 5 août 1680. Br. in-4, de 17 ff. avec 7 planches contenant 14 sujets gravés.

585. Correspondance inédite de Henri IV, roi de France et de Navarre, avec Maurice le Savant, landgrave de Hesse ; accompagnée de notes et éclaircissements historiques par M. de Rommel. *Paris, Jules Renouard*, 1840, in-8, br.

Bel exemplaire en grand papier vélin, non coupé.

586. Mémoires de la reyne Margverite. *A Brvxelles, chez François Foppens*, 1658, in-12, v. ant. fil.

587. Les Mémoires du duc de Rohan. (*A la Sphère*), s. l., 1644, in-16, v. rac. fil. tr. marbr.

588. Mémoires du mareschal de Bassompierre, contenant l'histoire de sa vie et de ce qui s'est fait de plus remarquable à la cour de France, pendant quelques années. *A Cologne, chez Pierre du Marteau*, 1665, 2 tom. en 1 vol. in-12, parch.

Hauteur : 133 millim.

589. Mémoires d'Estat, par M. de Villeroy, conseiller d'Estat et secrétaire des commandemens des rois Charles IX, Henry III, Henry IV et de Louis XIII à présent régnant.

A Paris, par la compagnie des libraires du Palais, 1665,
4 vol. in-12, v. ant.

Hauteur : 145 millim.

590. La Nvict des nvicts, le jour des jours, ou la naissance
des devx davphins du ciel et de la terre. *A Paris, chez
Jean Passi*, 1641, in-12, front. gr. v. ant.

591. Journal de monsieur le cardinal duc de Richelieu, qu'il
a fait durant le grand orage de la cour en l'année 1630 et
1631. *S. l.*, 1648, in-12, v. rac. fil.

592. Journal de monsieur le cardinal duc de Richelieu, qu'il
a fait durant le grand orage de la cour es années 1630 et
1631, tiré des mémoires écrits de sa main. *A Amsterdam,
chez Abraham Wolfgank*, 1664, 2 part. en 1 vol. in-12, v.
f. fil. tr. dor. (*Rel. mod.*)

Hauteur : 131 millim.

593. Relation des campagnes de Rocroi et de Fribourg en
l'année 1643 et 1644. *Paris, chez Fr. Clovsier et Pierre
Arbovin*, 1673, in-12, v. ant.

594. Les Vies des hommes illustres et grands capitaines
françois qui sont peints dans la gallerie du Palais-Royal,
avec leurs principales actions, armes et devises; ensemble
les abrégez historiques de leurs vies, composez par
M. de Vulson. *A Paris, chez Nicolas le Gras*, 1692,
12 portr. v. ant.

595. Recueil de mazarinades en vers et en prose. *Paris,*
1649, in-4, v. ant.

596. Recueil de maximes véritables et importantes pour l'institution dv roy contre la fausse et pernicieuse politique du
cardinal Mazarin. *A Paris*, 1663, in-12, v. ant.

597. Mémoires de M. D. L. R. (de la Rochefoucauld) sur les
brigues à la mort de Louys XIII, les guerres de Paris et de
Guyenne et la prison des princes. *A Cologne (à la Sphère),
chez Pierre van Dyck*, 1669, in-12, v. ant. fil.

Hauteur : 129 millim.

598. Histoire du règne de Louis le Grand, par les médailles,
emblèmes, devises, jettons, inscriptions, armoiries et
autres monumens publics, recueillis et expliquez par le
père Claude-François Menestrier, de la compagnie de
Jésus. *A Paris, chez Robert Pepie et J.-B. Nolin*, 1093,
in-4, v. ant.

599. Recueil historique contenant diverses pièces curieuses

de ce temps. *A Cologne, chez Christophe van Dyck
(la Sphère)*, 1666, in-12, v. f. fil. dent. int. tr. dor.

Hauteur : 126 millim.

600. Mémoires de M. L. D. M. (la duchesse de Mazarin).
A Cologne (à la Sphère), chez Pierre du Marteau, l'an 1676,
pet. in-12, parch.

601. Abrégé de la Vie de monsieur de Turenne, ou Réflexions
sur quelques affaires du temps. *A Villefranche, chez Ch.
de la Vérité, l'an* 1676, pet. in-12, v. antiq.

602. Louis XIV et sa cour. Extraits des Mémoires du duc de
Saint-Simon. *Paris, Hachette*, 1857, in-18, demi-rel. chagr.
viol. — Siècle de Louis XIV, par Voltaire. *Paris, Firmin-
Didot*, 1856, in-18, br. portr.

603. Mémoires du cardinal de Rohan (différentes pièces relatives à l'affaire du Collier), in-4, v. antiq.

604. Étrennes françoises dédiées à la ville de Paris pour
l'année jubiliaire du règne de Louis le Bien-Aimé, par
l'abbé de Petity. *A Paris, chez Pierre-Guillaume Simon*,
1766, in-4, figures gravées, v. antiq. *aux armes de France.*

605. Histoire de la Révolution, de l'Empire et de la Restau-
ration, par MM. Th. Burette et Ulysse Ladet. *Paris, Ch.
Gosselin*, 1844, 4 vol. in-18, br.

606. Histoire de l'Assemblée constituante, par P. Buchez.
Paris, Charpentier, 1845, 5 vol. in-18, br.

607. Révolution de 1789. — Pièces sur Louis XVI réunies en
1 vol. — Journal de ce qui s'est passé à la tour du Temple
pendant la captivité de Louis XVI, par Cléry. *Londres*,
1798. — Récit des événements arrivés au Temple depuis le
13 août 1792 jusqu'à la mort du Dauphin. *Paris*, 1823, ens.
3 vol. in-8, br.

608. Mémoires sur Mirabeau et son époque. *Paris, Bossange
fr.*, 1824, 4 vol. in-8, br.

609. Le Livre rouge, ou Liste des pensions secrètes sur le
trésor public, contenant les noms et qualités des pension-
naires, l'état de leurs services, et des observations sur les
motifs qui leur ont mérité leur traitement. *De l'Imprimerie
royale*, 1790, 9 livraisons en 1 vol. in-8, demi-rel. bas.

610. La Chronique scandaleuse, ou Mémoires pour servir à
l'histoire de la génération présente, contenant les anec-
dotes et les pièces fugitives les plus piquantes que l'histoire secrète des sociétés a offertes pendant ces dernières

années (par Guillaume Imbert, ex-bénédictin). *A Paris, dans un coin d'où l'on voit tout*, 1791, 5 vol. in-12, br.

611. Camille Desmoulins. — Le Vieux Cordelier, 5 numéros in-8 de 116 pages. — Lettre de Camille Desmoulins, député de Paris à la Convention, au général Dillon, en prison aux Madelonettes. *Paris*, 1793, 2 ouvr. en 1 vol. in-8, cart.

612. La France libre, par Camille Desmoulins. — Réplique aux deux mémoires des sieurs Leleu, insignes meuniers de Corbeil, en présence de M. Necker (par le même). *A Paris, l'an Ier de la liberté*, 2 pièces en 1 vol. in-8, demi-cart. percal. rouge.

613. Mémoires de Mme Roland ; nouvelle édition, revue sur les textes originaux, avec notes et éclaircissements, par J. Ravenel. *Paris, Aug. Durand*, 1840, 2 vol. in-8, br.

614. Recueil de vingt-cinq pièces relatives à la Convention nationale. In-8, demi-rel. bas.

A la fin de l'ouvrage se trouve une note manuscrite donnant la nomenclature de toutes les pièces contenues dans ce recueil.

615. Almanach du père Gérard pour l'année 1792, par J.-M. Collot d'Herbois. *Se vend à Paris*, 1792, in-12, figures bas. fil. tr. dor.

616. Liste générale et très-exacte de tous ceux qui ont été condamnés à mort par le tribunal révolutionnaire établi à Paris, depuis le commencement de la révolution jusqu'à la suppression du tribunal, contenant leurs noms, prénoms, âges, qualités et demeures, lieux de leurs naissances et de leurs départements. *A Paris, l'an troisième*, 11 livraisons en 1 vol. in-8, v. antiq. marbr.

617. Rapport fait au nom de la commission chargée de l'examen des papiers trouvés chez Robespierre et ses complices, par E.-B. Courtois, imprimé par ordre de la Convention nationale. *A Paris, chez Maret, an III de la République*, in-8, demi-rel. bas.

618. Recueil de 17 pièces, la plupart relatives au général Moreau. In-4, bas.

On a placé au commencement de ce recueil une table manuscrite des pièces qui y sont contenues.

619. La Monarchie de 1830, par M. A. Thiers. *Paris, Alex. Mesnier*, 1831, in-8, br.

620. Histoire de la Révolution de 1848, par Daniel Stern. *Paris, Gust. Sandré*, 1850, in-8, br.

621. Le Nouveau Monde, journal historique et politique rédigé par Louis Blanc (1849-1851), gr. in-8, demi-rel. v. f. (portrait de L. Blanc).

---

622. Esquiros (Alph.). — Paris, ou les Sciences, les institutions et les mœurs au XIXe siècle. *Paris*, 1847, 2 vol. in-8, br.

623. Histoire critique de Nicolas Flamel et de Pernelle, sa femme, par **M. L. V.** (par l'abbé Villain). *A Paris, chez G. Desprez*, 1761, in-12, v. antiq. marbr. figure.

624. L'Hôtel de Cluny au moyen âge, par Mme de Saint-Surin, suivi des Contenances de table et autres poésies inédites des XVe et XVIe siècles. *Paris, J. Techener*, 1835, in-8, br. papier vélin.

625. Recherches historiques sur le collége des Quatre-Nations, d'après des documents entièrement inédits, par Alfr. Franklin. *A Paris, Aug. Aubry*, 1862, pet. in-8, br.

626. Le Mont Saint-Michel au péril de la mer (Extrait de la revue du Calvados). *Caen, A. Hardel*, 1841, br. gr. in-8 de 26 pages.
Tiré à 125 exemplaires.

III. HISTOIRE ÉTRANGÈRE.

627. Michelet. — Tableau chronologique de l'histoire moderne. *Paris*, 1826. — Cours professé au Collége de France. *Paris, Chamerot*, 1848, ens. 2 vol. in-8, br.

628. Histoire des pays septentrionavs, écrite par Olavs le Grand, Goth, archevêque d'Vpsale et sovverain de Svede et Gothie, en laquelle sont brievement mais clerement déduites toutes les choses rares ou étranges qui se treuvent entre les nations septentrionales, traduites du latin. *A Paris, chez Martin Lejeune*, 1561, in-12, v. antiq.

629. Histoire de Charles XII, roi de Suède, avec les pièces qui y sont relatives. *S. l.*, 1757, in-8, v. ant. mar.

630. Copie de devx lettres escrites av roy Philippe, la première par le roy de Perse, la seconde par le Grand Turc; discours plaisant et digne d'estre entendu d'un chacun. *En Anvers*, 1585, plaq. in-8 de 4 ff.

631. Histoire de la Conjuration de Portugal (en 1640, par l'abbé de Vertot). *Paris, veuve Martin*, 1689, in-12, front. gr. v. antiq.

632. Lettres de Henri VIII à Anne Boleyn, publiées d'après les originaux de la bibliothèque du Vatican, par G.-A. Cra pelet, imprimeur. *Paris,* 1835, gr. in-8, portrait br.

633. Le Portrait du roy de la Grande-Bretagne durant sa solitude et ses souffrances. *A Rouen, chez Jean Berthelin,* 1649, in-16, vél. bl. tr. dor.

634. La Vie dv général Monk, dvc d'Albemarle, etc., le restaurateur de Sa Majesté Britannique Charles second, traduit de l'anglois de Thomas Gvmble, docteur en théologie. *A Londres, chez Robert Scot,* 1672, in-12, vél. mod. tr. roug. (*Raparlier.*)

635. Tableau historique des événemens survenus pendant le sac de Rome en 1527, par Jacopo Bonaparte, gentilhomme de Sanminiato, traduit de l'italien. *Paris,* 1809, in-8, br.

636. La Conivration dv comte Iean-Lovis de Fiesque (traduit de l'italien de Mascardi, par le Cal de Retz). *A Paris, chez Cl. Barbin,* 1665, in-12, v. antiq.

637. La Vie de Cesar Borgia, appelé depuis le dvc de Valentinois, descrite par Thomas Thomasi, traduite de l'italien. *Imprimée à Monte Chiaro, chez Jean-Baptiste Vero,* 1671, in-12, vél. bl. mod. tr. roug. (*Raparlier.*)

638. Histoire de Donna Olimpia Maldachini, traduite de l'italien de l'abbé Gualdi. *A Leyde, chez Jean dv Val (à la Sphère),* 1666, in-12, demi-rel. v. f. antiq.

639. La Politique civile et militaire des Venitiens. *A Cologne, chez Pierre Michel (à la Sphère),* 1669, pet. in 12, demi-rel. v. vert antiq.

640. La Ville et la République de Venise, par M. le chevalier de Saint-Disdier. *A la Haye, chez Adrian Moetjens,* 1685, in-12, v. antiq.

Hauteur : 141 millim.

641. Conjuration des Espagnols contre la République de Venise en l'année 1618 (par l'abbé de Saint-Réal). *Paris, chez Cl. Barbin,* 1674, in-12, v. antiq.

642. Histoire de la Conjuration des Espagnols contre la République de Venise, par Saint-Réal. *Paris, chez Antoine-Aug. Renouard,* 1795, in-4, papier vélin, demi-rel. v. rouge, n. rog.

643. Histoire de Florence de Nicolas Machiavel, citoyen et secrétaire de ladite ville, nouvellement traduicte d'italien en françois par le seigneur de Brinon, gentilhomme ordinaire de la chambre du roy. *A Paris, chez Daniel Guillemot,* 1615, in-8, v. antiq.

644. Turcici Imperii status, seu discursus varii de rebus Tur-
carum. *Lugduni Batavorum, ex officina Elzeviriana*, 1630,
in-16, front. gr. maroq. rouge à comp. tr. dor. (*Anc.
reliure.*)

645. Histoire de l'état présent de l'empire ottoman, contenant
les maximes politiques des Turcs, les principaux points de
la religion mahométane, ses sectes, ses hérésies et ses diverses sortes de religieux, avec une supputation exacte de
leurs forces par mer et par terre, traduite de l'anglois de
monsieur Ricant par monsieur Briot. *A Paris, chez Séb.
Mabre-Cramoisy*, 1670, in-4, front. gr. v. antiq.

646. Tableaux prophétiques prédisant la ruine de la monarchie turque et le rétablissement de l'empire grec, extraits
littéralement de l'histoire de Chalcondyle, Athénien, par
Artus-Thomas d'Embry, Parisien. Ouvrage imprimé en
1620. *Lyon et Paris, s. d.*, in-12, cart. fig.

647. Mémoires de la guerre de Transilvanie et de Hongrie
entre l'empereur Léopold Ier et le grand seigneur Mehe-
met IV, Georges Ragotski et les autres successeurs, princes
de Transilvanie. *A Amsterdam, chez Daniel Elzevier*, 1680,
2 vol. en 1, in-12, demi-rel. chagr. viol.

648. Nouvelle Relation de l'intérieur du serrail du Grand
Seigneur, contenant plusieurs singularitez qui jusqu'ici
n'ont point esté mises en lumière, par J.-B. Tavernier.
A Paris, chez Gervais Clouzier, 1675, in-4, front. gravé
v. antiq.

649. La Vie du roy Almansor, écrite par le vertueux capi
taine Aby Abencufian, vice-roy et gouverneur des provinces
de Deuque, en Arabie. *A Amsterdam, chez Daniel Elzevier*,
1671, pet. in-12, v. antiq.

IV. BIOGRAPHIE.

650. Biographie portative universelle. *Paris, Garnier fr.*,
1852, fort vol. in-12 de 1963 pages, texte à deux col. demi-
rel. maroq. vert, tr. jasp.

651. Mémoires de messire Pierre du Bourdeille, seigneur de
Brantôme, contenant les Vies des dames illustres de
France de son temps. *A Leyde (la Sphère), chez Jean
Sambix*, 1665, in-12, v. antiq.

Hauteur : 131 millim.

652. Mémoires de messire Pierre de Bourdeille, seigneur de
Brantome, contenans les vies des hommes illustres et

grands capitaines estrangers de son temps. *A Leyde, chez Jean Sambix le jeune (à la Sphère)*, 1665, in-12, v. antiq.

653. Mémoires de messire Pierre de Bourdcille, seigneur de Brantome, contenans les vies des hommes illustres et grands capitaines françois de son temps. *A Leyde (à la Sphère), chez Jean Sambix*, 1666, 4 vol. in-12, v. antiq.

Hauteur : 129 millim.

---

654. Introduction à la connoissance des médailles, par M. Charles Patin, docteur régent en la Faculté de médecine de Paris. *De l'impression d'Elzevier, et se vend à Paris, chez Jean du Bray*, 1667, in-12, portrait, bas.

655. La première partie dv Promptvaire des medalles des plvs renommées personnes qui ont esté depuis le commencement du monde, auec brieue description de leurs vies et faicts, recueillie des bons auteurs. — La seconde partie dv Promptvaire des medalles, commençant à la natiuité de nostre sauueur Jesvs Christ, et continuant iusques au très-chrestien Roy de France Henri II du nom, à present heureusement regnant. *A Lyon, chez Gvillavme Roville*, 1553, 2 parties en 1 vol. in-4, v. antiq. (*Médailles.*)

656. Impp. romanorvm nvmismatvm series, à C. Jvlio Cæsare ad Rvdolphvm II, per Levinvm Hvlsivm. Secvnda editio. *Francofvrti, impensis authoris*, 1605, in-8, fig. vél.

657. Summaire ou Epitome du liure de Asse, fait par le commandement du Roy, par maistre Guillaume Budé, conseiller dudict seigneur, et maistre des requestes ordinaires de son hostel, par ledict Budé, reueu et additionné oultre les precedentes impressions. *Imprimé à Paris pour Galliot du Pré, libraire juré en l'université, ayant sa boutique en la grand salle du Pallays, au premier pillier*, 1529, in-8 de 80 ff. demi-rel. dos et coins de maroq. rouge.

658. Les Illustres Observations antiqves dv seignevr Gabriel Symeon Florentin en son dernier voyage d'Italie, l'an 1557. *A Lyon, par Ian de Tovrnes*, 1558, in-4, demi-rel. veau. (*Figures.*)

V. BIBLIOGRAPHIE.

659. Henrici Stephani Epistola, qua ad multas multorum amicorum respondet, de suæ typographiæ statu. *S. l.*, 1569, in-8, bas.

660. Traité de la Typographie, par Henri Fournier. *Paris*, 1825, in-8, br.

661. Advis povr dresser vne bibliotheqve, présenté à Monseigneur le président de Mesme, par G. Naudé. *A Paris, chez François Targa*, 1627, in-8, parch.

662. V. Cl. Gabrielis Navdæi Tvmvlvs, complectens elogia, epitaphia, etc., curâ et labore R. P. Lud. Jacob Cabilonensis collectus. *Parisiis, e typographia Clavdii Cramoisy*, 1659, pet. in-4, vél.

663. Plan d'une bibliothèque universelle ; études des livres qui peuvent servir à l'histoire philosophique et littéraire du genre humain, suivi du catalogue des chefs-d'œuvre de toutes les langues et des ouvrages originaux de tous les peuples, par L. Aimé-Martin. *Paris, Aug. Desrez*, 1837, gr. in-8, demi-cart. percal.

Avec une lettre autographe signée de l'auteur.

664. Traitté des plvs belles bibliothèques de l'Europe, des premiers livres qui ont été faits...., etc., par le sieur Le Gallois. *A Paris, chez Estienne Michallet*, 1680, in-12, v. antiq.

665. La Librairie de Jean, duc de Berry, au château de Mehun-sur-Yèvre (1416), publiée par Hiver de Beauvoir. *Paris, Aug. Aubry*, 1860, pet. in-8, br.

666. Recherches sur la bibliothèque publique de l'église Notre-Dame de Paris, au XIII° siècle, d'après des documents inédits, par Alfr. Franklin. *Paris, Aug. Aubry*, 1863, pet. in-8. br.

667. Histoire de la bibliothèque de l'abbaye de Saint-Victor, à Paris, d'après des documents inédits, par Alfr. Franklin. *Paris, Aug. Aubry*, 1865, pet. in-8, br.

668. Histoire de la bibliothèque Mazarine, par Alfr. Franklin. *Paris, Aug. Aubry*, 1860, pet. in-8, br.

669. Lettres à M. le comte de Salvandy sur quelques-uns des manuscrits de la Bibliothèque royale de la Haye, par A. Jubinal. *Paris, Didron*, 1846, in-8, demi-rel. chagr. vert, tr. jasp.

670. Laire : Index librorum ab inventa typographia, ad annum 1500. *Senonis*, 1791, 2 vol. in-8, cart. non rog.

671. Catalogue complet des Républiques, imprimé en Hollande, in-24, avec des remarques sur les diverses éditions, par de la Faye. *Paris, L. Potier*, 1854, in-16, couv. impr. demi-rel. maroq. bleu, n. rog.

672. Mémoires bibliographiques et littéraires, par Ant.-Fr. Delandine. *Paris et Lyon, s. d.*, in-8, br.

673. Répertoire de Librairie, par Ravier, libraire. *Paris,* 1807, in-8, cart.

674. Répertoire de bibliographies spéciales, curieuses et instructives, par Gabriel Peignot. *A Paris, chez Renouard et Allais,* 1810, in-8, demi-rel. dos et coins de maroq. br. la Vall. dos à nerf, fleurons, fil. tête dor. n. rog.

Exemplaire en papier vélin.

675. Répertoire bibliographique universel, par Gabr. Peignot. *A Paris, chez Aug. Renouard,* 1812, in-8, br.

676. Catalogues des livres provenant des bibliothèques de Lamennais, 1836, — de Pixerécourt, 1838, — Ch. Nodier, 1844, — Crozet (2e partie), — Aimé-Martin, 1847. — J. Taylor, 1848, — Baron Walckenaer, 1853, — Aug. Renouard, 1854, — Leber, 1860, — Arm. Baschet, 1866, — Victor Luzarche (tome Ier), 1868, — De Saint Ylie, 1869, — Sainte-Beuve (complet), 1870, — Ch. Maurice, 1871, — L. Potier (2e partie), 1872. — Ens. 17 vol. br.

677. Bibliothecæ Cordesianæ Catalogus. *Parisiis,* 1643. — Catalogue de Pont-de-Vesle, 1774. — Catalogue de la bibliothèque du Grand Conseil, 1739. — Catalogue de la Vallière, 1783, 3 vol. — Catalogue du comte de Mac-Carthy, 1815, 2 vol. — Ens. 9 vol. in-8, reliés et brochés.

678. Catalogues des bibliothèques de la marquise de Pompadour, 1765. — Bibliotheca Fayana, 1725. — Catalogue de Boze, 1754. — Catalogue de M.-J. Chénier, 1811. — Girardot de Préfond, 1757. — L'abbé de Rothelin, 1746. — Catalogue des Jésuites du collége de Clermont, 1764. — Catalogue d'Ourches, 1811. — Ens. 10 vol. in-8, reliés et brochés.

Tous ces Catalogues de vente ont leurs prix d'adjudication manuscrits.

679. Mélanges tirés d'une petite bibliothèque, ou Variétés littéraires et philosophiques, par Ch. Nodier. *A Paris, chez Roret,* 1829, in-8, br.

680. Description raisonnée d'une jolie collection de livres (Nouveaux Mélanges tirés d'une petite bibliothèque), par Ch. Nodier. *Paris, J. Techener,* 1844, in-8, br.

SUPPLÉMENT.

---

681. FEU ET FLAMME, par Philothée O' Neddy (Théophile Dondey de Santeny). *Paris*, 1833, in-8, frontispice sur chine, grav. par Célestin Nanteuil, mar. plein rouge à comp. dos orné, doublé de mar. bleu, tr. dor. sur témoins, rel. sur broch. encollé, élégante rel. (*Raparlier.*)

Magnifique exemplaire d'un recueil de poésies de toute rareté. On y a joint une lettre autographe signée de Chateaubriand ; une lettre autographe de Béranger, toutes deux adressées à l'auteur pour le remercier de son envoi de *Feu et Flamme*, et le féliciter, tout en le conseillant, sur son beau talent de poëte.

La lettre de Chateaubriand est surtout curieuse par sa divergence d'opinions politiques et religieuses avec l'auteur. (Voir les deux lettres.)

L'exemplaire, que possédait M. Asselineau, a atteint, à sa vente, le prix de 300 francs.

682. O' Neddy Philothée (Théophile Dondey). Feu et Flamme. *Paris*, 1833, in-8, front. sur chine, grav. par Ch. Nanteuil, cart. dos en mar. grain long, coins, non rogné, rel. sur brochure, encollé. (*Raparlier.*)

---

683. VICTOR HUGO. Châtiments, 1853, in-32 , maroquin rouge, filets tr. dor. (*Raparlier.*)

684. VICTOR HUGO. Les Burgraves (trilogie). Exemplaire donné par l'auteur à Th. Dondey de Santeny. 2 portraits de V. Hugo ; 2 lettres autographes du même. Feuilleton sur la première représentation des Burgraves par Th. Dondey (13 mars 1843, a paru dans la *Patrie*). Feuilleton inédit par l'auteur du précédent (l'Émeute aux Burgraves), qui devait paraître en avril 1843, in-8, maroq. r. tr. dor. (*Raparlier.*)

---

685. Dondey. Histoire d'un Anneau enchanté, roman. *Paris, Paris*, 1842, gr. in-8, br.

LETTRES AUTOGRAPHES.

686. DOUZE LETTRES autographes signées Pétrus Borel, à O'Neddy).

687. Lettre de Sainte-Beuve aut. signée, 31 mars 1848.

688. Cinq Lettres aut. sign. de Bouchardy à Dondey.

689. Une lettre aut. de Victor Hugo, 1 p. in-8.

FIN.

Paris. — Typographie de Georges Chamerot, rue des Saints-Pères, 19.